FOLIOTHÈQUE

Collection dirigée par

Bruno Vercier

Maître de conférences

à l'Université de

la Sorbonne Nouvelle - Paris III

Guy de Maupassant

Le Horla

par Joël Malrieu

Joël Malrieu

présente

Le Horla

de Guy

de Maupassant

Gallimard

Joël Malrieu, agrégé de lettres modernes, se consacre plus particulièrement à des travaux sur le fantastique. Il a notamment publié *Le fantastique* (Hachette, 1992, Grand Prix de l'imaginaire, catégorie Essai).

RÉFÉRENCES

Les titres des nouvelles sont indiqués entre guillemets.

Le Horla désigne le recueil. « Le Horla » désigne la nouvelle. Le Horla désigne le personnage.

Les indications de pages entre parenthèses renvoient à l'édition Folio (n° 1711) du *Horla*.

À Martine et Christine.

INTRODUCTION

L'approche que nous avons généralement du « Horla » est des plus particulières. Du fait de la réussite éclatante que constitue cette nouvelle, on a tendance à la privilégier, qu'on l'étudie à l'intérieur de l'œuvre entière de Maupassant ou dans la perspective d'une histoire ou d'une analyse de la littérature fantastique. On l'isole, au point de la publier parfois séparément ; on en fait le prototype du récit fantastique, au point que peu d'anthologies osent en faire l'économie ; bref, on lui accorde un statut à part.

Il est vrai que Maupassant lui-même a favorisé cette situation, en proposant d'abord sous ce titre un premier récit publié en journal[1], puis un second, inédit celui-là, et placé l'année suivante en tête du recueil, comme s'il s'agissait d'une réussite plus aboutie, qui devait en outre provoquer un effet de surprise pour un lecteur qui s'attendait à retrouver la première version. En privilégiant ainsi ce récit, on s'abstient de s'interroger sur sa situation par rapport aux autres nouvelles du recueil, comme si c'était le hasard ou des intentions commerciales qui étaient à l'origine de sa place dans cet ensemble très hétérogène.

1. *Gil Blas*, 26 octobre 1886.

Il est certain, en effet, que *Le Horla* est l'un des recueils les plus diversifiés de Maupassant, tant par les personnages présentés ou les problèmes soulevés que par la gamme de tons qu'il utilise, du plus léger au plus grave, parfois successivement, parfois même simultanément à l'intérieur d'une même nouvelle.

Nous avons l'impression d'avoir affaire à une mosaïque de textes sans rapport les uns avec les autres, et dans laquelle il aurait voulu illustrer toutes les facettes de son art.

Que cette organisation soit ou non le résultat d'un choix intentionnel, les récits qui composent ce recueil reposent sur des préoccupations communes, quoique d'ordres divers. Il est donc nécessaire d'envisager « Le Horla » à la lumière des autres nouvelles du recueil, et ce d'autant plus que Maupassant a précisément choisi de ne pas le publier séparément, contrairement à sa coutume. « Le Horla » fait partie intégrante d'un ensemble et doit être envisagé comme tel.

En même temps, en accordant à cette nouvelle inédite la place inaugurale, Maupassant lui imprimait une valeur emblématique et imposait par là, volontairement ou non, une certaine façon d'aborder les nouvelles suivantes, qui subissent son influence et, à leur tour, s'éclairent par celle-ci.

Mais par ailleurs, cette nouvelle présente des enjeux spécifiques, tant du point de vue de la littérature en général que de la littérature fantastique en particulier, tels qu'elle doit aussi être examinée isolément.

Pour toutes ces raisons, nous avons choisi de diviser cette étude en deux parties distinctes. La première concerne l'ensemble du recueil, tandis que la seconde porte sur l'analyse de la nouvelle qui lui a donné son titre. Naturellement, nombre de remarques que l'on pourra rencontrer dans l'une de ces parties peuvent s'appliquer à l'autre ou du moins la compléter. La lecture du *Horla* suppose en fait un incessant va-et-vient entre la nouvelle-titre et les autres.

Œuvre fuyante que celle-ci, qui nécessite tant d'approches simultanées, dont on ne peut privilégier aucune, et dont aucune ne saurait à elle seule rendre parfaitement compte.

I LE RECUEIL

1. STRATÉGIE NARRATIVE ET VISION DU MONDE

Depuis ses débuts, Maupassant n'a cessé d'explorer toutes sortes de techniques narratives ; il n'en reste pas moins qu'on peut constater selon les périodes des techniques plus ou moins dominantes. Les premiers recueils comportent par exemple un grand nombre de récits rétrospectifs, enchâssés ou non, énoncés, le plus souvent longtemps après les faits racontés, par un narrateur garant de la vérité, et qui, de toute façon, dispose alors d'un certain recul.

Selon un système que l'on rencontre à peu près à la même époque dans *Les diaboliques* de Barbey d'Aurevilly, notamment, le narrateur, qu'il soit ou non extérieur à l'action, jette sur celle-ci un regard distancié qui réduit l'importance éventuelle de son implication personnelle. Il a beau affirmer que l'histoire qu'il s'apprête à raconter a laissé dans son esprit une empreinte indélébile, il n'est plus en situation d'être encore bouleversé ou transformé par ces faits ou par leur exposé. Ce système, que l'on rencontre, par exemple, dans « Menuet[1] » ou dans « Apparition[2] », est encore présent dans *Le Horla*, avec des nouvelles comme « Amour », « Clochette », ou « Les rois », mais il reste cette fois minoritaire, et Maupassant adopte bien davantage dans ce recueil d'autres techniques révélatrices de son évolution[3].

1. In *Contes de la bécasse*, 1883.

2. In *Clair de lune*, 1884.

3. Voir Dossier, p. 171.

Soit le récit est rédigé entièrement à la troisième personne, et il est alors linéaire, mais le temps de l'action y est réduit, et il est rédigé au style indirect libre, comme dans « L'auberge » ou « Le vagabond », avec toutes les ambiguïtés que permet un tel procédé. Il s'agit alors de présenter une évolution brutale, un passage, une transformation plus ou moins soudaine, mais sur laquelle il est par ailleurs impossible de porter un jugement extérieur ferme et définitif.

Soit la troisième personne ne sert qu'à présenter les personnages, avant de disparaître pour laisser la place à l'exposé du principal d'entre eux. C'est le cas de figure que l'on rencontre dans la première version du « Horla », « Le trou », « Au bois » ou « Le signe ». Dans ce cas, contrairement à ce qui se passe par exemple dans « Amour », rien n'est jamais joué. Le personnage fait part à d'autres d'un événement récent, et dont les conclusions sont encore à venir au moment où il les rapporte. Loin d'avoir du recul et de se livrer à un récit rétrospectif qui le replonge dans un passé plus ou moins lointain, il est au contraire encore sous le coup d'une émotion récente et violente, et ignore ce qui va résulter de tout cela ; au lieu d'être bouclé, son destin est en train de se jouer. Nous avons affaire maintenant à une réaction immédiate, à une impression brute, qui n'a pas eu le temps de décanter. Par là même, le personnage s'envisage dans sa propre dynamique et se révèle à lui-même autant qu'aux autres en s'énonçant ainsi.

La seconde version du « Horla », en recourant à la forme du journal, pousse cette logique à ses ultimes extrémités. Tout se passe comme si le réel ne pouvait plus être saisi aussi globalement, dans son unité et sa cohérence. À un récit clos succède maintenant un récit *en mouvement* ; à des personnages dont on retrace une histoire définitivement passée, s'en sont substitués d'autres dont la nature et le sort sont incertains et en suspens.

Tout comme le narrateur du « Horla » qui se découvre avec étonnement au fil de son journal ou derrière la « transparence opaque » de l'être reflété dans la glace, les personnages du recueil voient brutalement surgir un aspect d'eux-mêmes qu'ils ne soupçonnaient pas, et qu'à plus forte raison les autres ne pouvaient pas soupçonner : l'héroïne d' « Au bois » retrouve intacte toute la sensualité de sa jeunesse à sa propre surprise et plus encore à celle de son mari (p. 132), tandis que celle du « Signe » découvre qu'elle est fort capable de rivaliser avec une prostituée, et semble y trouver des satisfactions inattendues.

Dans les premiers recueils, encore inspirés du naturalisme, le narrateur, quel qu'il fût, avait une vision globale du monde ou de lui-même, et pouvait en rendre compte dans leur totalité. Les personnages obéissaient à une logique plus ou moins prévisible. Avec *Le Horla*, Maupassant sort de cette vision rassurante ; l'univers est devenu opaque, et la question posée tout au long du recueil est celle-là même qui parcourt la nouvelle inaugurale : qu'est-ce qui fonde l'identité d'un individu, comment son identité apparente ou première peut-elle à ce point se transformer ?

Tenter de se découvrir soi-même, ou de découvrir l'autre, telle est la démarche qui parcourt tout le recueil, et que partagent les personnages, le narrateur, et le lecteur lui-même.

De fait, de *Boule de suif* (1880) au *Horla*, la vision du monde de Maupassant s'est complexifiée. Elle a conservé le même pessimisme mais a perdu son caractère parfois un peu systématique. Les personnages étaient autrefois plus typés et leur comportement correspondait davantage à celui que l'on pouvait attendre. Même si on la rencontre encore ici et là dans *Le Horla*, cette façon d'envisager les choses, héritée du naturalisme, tend à disparaître au profit d'une autre plus complexe.

La vision de Maupassant laisse en effet supposer qu'il n'y a pas nécessairement de rapport de cause à effet entre le milieu d'origine de l'individu et son comportement. Ne parlons même pas du fait que les officiers des « Rois » se comportent comme des soudards. Depuis *Boule de suif* et *Mademoiselle Fifi*,

Maupassant n'a jamais été tendre pour certaines catégories sociales qui ne lui inspiraient guère de sympathie. Mais que penser de cette petite-bourgeoise d'« Au bois » qui retrouve son cœur de jeune fille malgré les années et les nécessités du commerce ? Il suffit de la comparer à la Mme Dufour d'« Une partie de campagne[1] » pour mesurer le chemin parcouru. Que penser de l'héroïne du « Signe » ? Que dire encore de ferme et de définitif sur le narrateur d'« Amour » qui se définit lui-même comme un mélange pour le moins composite : « Je suis né avec tous les instincts et les sens de l'homme primitif tempérés par des raisonnements et des émotions de civilisé » (p. 57). Il est vrai que son cousin, « gaillard de quarante ans, roux, très fort et très barbu », et qualifié de « demi-brute », témoigne sans cesse d'attentions délicates et quasi maternelles à l'égard du narrateur.

1. In *La maison Tellier*, 1881.

Toutes ces nouvelles nous disent la même chose : l'autre n'est jamais tel qu'on le voit ou tel qu'on se le représente, il n'agit pas comme on l'attend, quel que soit son milieu ou son origine. Le maire d'« Au bois » a des raisons bien légitimes d'être surpris par le couple de petits-bourgeois quinquagénaires qui lui est présenté, tout comme celui d'« Amour » commence par ne pas comprendre la réaction de l'oiseau dont il a tué la femelle. La *surprise* est l'un des sentiments les plus fréquemment ressentis par les divers personnages du recueil et constitue l'une des données fondamentales de celui-ci. Le narrateur enfant découvre avec stupeur qui était cette Clochette qu'il croyait pourtant si bien connaître, celui des « Rois » continue d'être étonné par l'un de ses proches compagnons (p. 113) et celui du « Marquis de Fumerol » par l'aspect de son oncle (p. 87).

L'être, animal ou humain, ne se laisse pas réduire à l'image qu'il présente ou qu'on se fait de lui. Deux ans auparavant, Stevenson en a fait l'éclatante démonstration avec *L'étrange cas du Dr Jekyll et de M. Hyde* ; et le Horla, de par sa nature irréductible et insaisissable, n'est au fond pas si différent de bien des personnages du recueil tout entier. Tenter de cerner ce qui définit l'identité d'un individu, tel est l'un des objets du *Horla*.

2. L'IDENTITÉ NATURELLE

L'identité de l'être se fonde avant tout sur l'unité et l'homogénéité, qui permettent d'en rendre compte de façon cohérente. Si le Horla échappe au narrateur, et si ce dernier nous échappe, c'est précisément à cause de ce manque de cohérence et d'unité. Et il en va de même de la plupart des personnages du recueil.

Sur le plan physique, d'abord, il n'y a pas de solution de continuité entre le vivant et le non-vivant, qu'il s'agisse du marais, « monde entier sur la terre, monde différent, qui a sa vie propre » (« Amour », p. 58) ou du vent « chargé de froid qui déchire la chair comme des scies, la coupe comme des lames, la pique comme des aiguillons empoisonnés, la tord comme des tenailles, et la brûle comme du feu » (p. 59).

Dans ces conditions, le monde extérieur prend vite des aspects inconnus, inquiétants et contradictoires : « [...] et soudain une lueur bizarre, née on ne sait d'où, éclaira brusquement l'immense océan des cimes pâles qui s'étendaient à cent lieues autour de lui » (« L'auberge », p. 161). La nature peut adopter les formes les plus inattendues et se prêter aux combinaisons les plus étranges : « [...] je me mis à regarder la lune déformée, qui avait quatre cornes à travers les parois vaguement transparentes de cette maison polaire. [...] Notre cabane, en forme de cône, avait l'air d'un monstrueux diamant au cœur de feu poussé soudain sur l'eau gelée du marais » (« Amour », p. 61).

Non seulement la nature se trouve dotée d'attributs contradictoires, mais elle va jusqu'à revêtir des attributs humains. C'est ainsi que les marais séculaires d'« Amour », eux-mêmes contradictoires tant ils sont à la fois sauvages et domestiqués « comme un parc » (p. 58), ont tôt fait de prendre des résonances étranges : « [...] je me sentis saisi, comme je ne l'avais jamais été, par l'émotion puissante et singulière que font naître en moi les marécages. Il était mort, celui-là, mort de froid, puisque nous marchions dessus, au milieu de son peuple de joncs desséchés » (p. 61).

Inversement, l'être humain se trouve sans cesse identifié aux éléments naturels ou aux animaux. De Clochette, il nous est dit qu'« elle boitait, non pas comme boitent les estropiés ordinaires, mais comme un navire à l'ancre. Quand elle posait sur sa bonne jambe son grand corps osseux et dévié, elle semblait prendre son élan pour monter sur une vague monstrueuse, puis, tout à coup, elle plongeait comme pour disparaître dans un abîme, elle s'enfonçait dans le sol » (p. 76). Quant à la mourante du « Diable », elle a « des mains affreusement maigres, nouées, pareilles à des bêtes étranges, à des crabes » (p. 105).

L'assimilation à laquelle procède l'héroïne du « Signe » entre la femme et le singe (p. 96) est un peu hâtivement réduite à une misogynie supposée de Maupassant et que la plupart de ses textes viennent démentir. Elle relève d'un mode de pensée syncrétique qui parcourt l'ensemble du recueil, et qu'il convient de mettre en relation avec toutes les interrogations qui prévalent à cette même époque sur la nature des êtres, les diverses découvertes scientifiques du XIXe siècle ayant fait voler en éclats les distinctions entre les différents règnes. Dans un autre registre, « Le Horla » ne fait que pousser cette logique à ses dernières extrémités.

L'idée très répandue de la misogynie de Maupassant doit beaucoup plus à une vision parcellaire de sa vie privée qu'à la connaissance de son œuvre, ou même de sa correspondance. Non seulement Maupassant a imaginé quelques-unes des plus belles figures féminines de la littérature du XIXe siècle, non seulement encore il n'a cessé de dénoncer les violences, physiques ou morales, dont les femmes pouvaient être alors victimes, mais il témoigne sans arrêt dans sa correspondance d'une admiration non feinte pour plusieurs d'entre elles, au point de privilégier largement leur amitié dans les derniers mois de sa vie. Maupassant écrit ainsi : « La femme, sensiblement inférieure à son mari, le subit, devient son reflet. Mais quand elle lui est égale, ce qui est le plus fréquent, et, à plus forte raison, quand elle lui est supérieure, elle échappe totalement à son influence[1]. »

1. « Une femme », chronique parue dans *Gil Blas*, 16 août 1882.

Même lorsque l'on n'assiste pas à une fusion entre des éléments d'ordre aussi différents, l'être humain est souvent hybride. C'est ainsi que Clochette nous est présentée comme « une haute femme maigre, barbue, ou plutôt poilue, car elle avait de la barbe sur toute la figure [...]. Elle en avait sur le nez, sous le nez, autour du nez, sur le menton, sur les joues ; et ses sourcils d'une épaisseur et d'une longueur extravagantes, tout gris, touffus, hérissés, avaient tout à fait l'air d'une paire de moustaches placées là par erreur » (p. 75-76).

Plus encore, et nous aurons l'occasion d'y revenir, l'homme s'identifie facilement à l'animal. Plus ou moins consciemment dans le cas du narrateur d'« Amour » et de son cousin, le gentilhomme Karl de Rauville, vêtus, pour l'un, d'une peau de mouton, et pour l'autre, d'une fourrure d'ours, et auparavant « pareil lui-même à un étrange animal des pays froids, vêtu d'une jaquette en peau de phoque » (p. 59) ; involontairement, dans le cas d'Ulrich, le jeune guide de « L'auberge », réduit à pousser « un cri aigu, qu'on eût dit poussé par une bête » (p. 168). Le *Lokis* (1868) de Mérimée n'est pas loin.

L'assimilation de l'homme à l'animal est l'un des thèmes récurrents de la fin du XIXe siècle, qu'elle soit explicite, comme dans *Lokis*, qui met en scène un personnage apparemment issu de l'accouplement monstrueux d'une femme et d'un ours, ou dans *La bête humaine* (1890) de Zola, dont le titre résume assez la problématique ; ou implicite, comme parfois chez Baudelaire et toujours chez Leconte de Lisle.

---

3. L'IDENTITÉ SOCIALE

À défaut d'une identité naturelle, le personnage pourrait du moins avoir une identité sociale. Le naturalisme laissait supposer que l'individu, étant déterminé par son milieu, agissait et réagissait plus ou moins mécaniquement en fonction de ces déterminations. Et, de fait, les personnages présentés dans le recueil sont tous fortement marqués socialement, au point que Maupassant n'hésite pas, bien souvent, à les définir par leur statut social avant de leur donner une identité précise : « Le paysan restait debout en face du médecin, devant le lit de la mourante. La vieille, calme, résignée, lucide, regardait les deux hommes et les écoutait causer » (« Le Diable », p. 101). Tout est dit, le personnage n'est pas un individu, juste le représentant type d'une catégorie sociale donnée.

Mais autant Zola s'attache à l'analyse de catégories sociales bien déterminées, définies par des critères précis qui les différencient rigoureusement les unes des autres au point d'être quasiment étanches, autant Maupassant s'intéresse à des personnages qui, apparemment, sont eux aussi bien définis, mais qui en fait se situent d'emblée dans une frange. La baronne de Grangerie habite juste en face de chez une prostituée et se fait la réflexion qu'elle est habillée en mauve tandis que l'autre est en rouge ; Jacques Randel est un artisan compétent mais sans travail et réduit au vagabondage ; et Karl de Rauville a beau être noble, il n'en est pas moins une « demi-brute » proche de la bête. Au lieu d'envisager ses personnages dans une situation claire et définie, Maupassant les place dans une sorte d'équilibre fragile et précaire. Tout est en place pour que s'opère ainsi la bascule qui va précipiter ces personnages dans une situation ou dans un état auxquels ils ne sont nullement préparés, mais auxquels certaines données les prédisposaient néanmoins à leur insu.

C'est que les frontières sont bien floues entre le normal et l'anormal, entre ce qui est convenu et ce qui ne l'est pas, entre le réel et l'imaginaire. Les deux jeunes aristocrates de « Joseph » choisissent leurs amants dans la domesticité, la figure mythique de Clochette ressemble par bien des aspects à celle, monstrueuse de la Rapet dans « Le Diable », toutes deux repasseuses, difformes, et grandes raconteuses d'histoires, et le marquis de Fumerol a beau être « ancien pair de France, ancien colonel de cavalerie » et « un des grands noms de France » (p. 84-85), il n'en vit pas moins dans un « petit appartement rue des Martyrs », en haut d'un immeuble de sept étages, en compagnie de deux femmes aux mœurs légères.

4. LA MÉTAMORPHOSE

Non seulement l'être manque par sa nature même d'une homogénéité ou d'une cohérence qui permettrait de le définir et de l'appréhender, mais il se caractérise en outre par le changement. Comment le narrateur qui a de Clochette l'image physiquement monstrueuse que l'on a vue pourrait-il la reconnaître dans le portrait d'autrefois qu'en fait le médecin : « Elle avait dix-sept ans, et c'était une très belle fille, très belle, très belle ! L'aurait-on cru ? » (p. 78). Celui d'« Une famille » a grand-peine à reconnaître son ami Simon Radevin quinze ans après : « [...] un gros, très gros homme, aux joues rouges, au ventre rebondi, s'élança vers moi, les bras ouverts, en criant : " Georges. " Je l'embrassai, mais je ne l'avais pas reconnu » (p. 136). De même, ses parents et sa fiancée ne reconnaissent tout d'abord pas Ulrich devenu fou (« L'auberge », p. 168).

Ce n'est pas seulement l'aspect extérieur de l'individu qui change ainsi, en l'espace de quelques semaines ou de quelques années, c'est aussi son attitude, sa façon de penser et d'agir, et ce beaucoup plus rapidement encore. Il suffit de quelques instants pour que le héros du « Trou », « fort et doux, pas méchant pour deux sous » (p. 66), se livre à des actes de violence qui en feront, quoique involontairement, un meurtrier ; de même, l'héroïne d'« Au bois » ne cache pas la soudaineté de son émotion, ainsi que l'importance des bouleversements intérieurs qu'elle entraîne : « Moi je me sentis toute retournée quand je suis entrée dans les blés » (p. 132).

Ce changement est d'autant plus étonnant pour chacun qu'il se produit plus soudainement. La déchéance de Gervaise est le résultat d'un mécanisme à la fois logique et lent, qui progresse par étapes et que Zola a soigneusement programmé depuis le début. Au contraire, quelques semaines suffisent pour faire du narrateur du « Horla » un fou assassin, quelques heures transforment un homme doux et plutôt timoré en meurtrier (« Le trou »), et quelques instants font d'une petite couturière une figure héroïque et mythique (« Clochette »). À l'évolution des personnages des romans naturalistes s'oppose la métamorphose de ceux des nouvelles de Maupassant : l'univers du *Horla* est des plus mouvants.

Dans ces conditions, il est normal que les personnages les plus subtils du recueil manifestent un tel souci de la permanence des êtres et des choses. Le narrateur d'« Une famille » espère, sans toutefois se faire trop d'illusions, retrouver son ami exactement tel qu'il l'a connu autrefois : « Comment allais-je le retrouver ? Toujours vif, spirituel, rieur et enthousiaste, ou bien endormi par la vie provinciale ? Un homme peut changer en quinze ans ! » (p. 136). Dans un autre domaine, c'est cette pérennité qu'apprécie le narrateur dans les marais où il part chasser : « [...] et les oiseaux de passage, ceux qui presque jamais ne viennent en nos pays trop peuplés, s'arrêtaient presque infailliblement dans ces branchages séculaires comme s'ils eussent connu ou reconnu un petit coin de forêt des anciens temps demeuré là pour leur servir d'abri en leur courte étape nocturne » (p. 58).

Le narrateur de « Clochette », tout comme celui d'« Amour », garde vivante et intacte l'image ou la scène qui lui a servi de révélation. Le temps n'a pas de prise sur de tels sentiments et le passé peut revivre avec toute son intensité : « Ça ne vieillit pas, le cœur des femmes ! Et, vrai, je ne voyais plus mon mari tel qu'il est, mais bien tel qu'il était autrefois ! » (« Au bois », p. 132).

Même dans leurs relations sociales, les personnages de Maupassant dans *Le Horla* ne cessent de rechercher la cohérence, garante en quelque sorte de l'ordre du monde, surtout lorsqu'elle est entérinée par la coutume. Devant le marché imprévu que lui propose Honoré Bontemps, la Rapet se trouve d'abord démunie : « La garde, surprise, regardait l'homme. Elle n'avait jamais traité un trépas à forfait » (« Le Diable », p. 104) ; et Jacques Randel, qui s'imagine encore que doit exister une concordance entre le statut théorique d'un individu et la réalité de son état, « s'entêt[e] d'abord à cette idée qu'il ne devait travailler qu'à la charpente, puisqu'il était charpentier » (« Le vagabond », p. 169-170).

Mais les choses ne sont justement pas si simples que le croyait Jacques Randel. Dans *Le Horla*, le monde présente des apparences trompeuses et ne cesse de se transformer de façon imprévisible. À la limite, la question se trouve résumée par le narrateur du « Horla » : qu'est-ce donc qui peut faire « un mélancolique du plus joyeux des hommes et un poltron du plus brave ? » (p. 28). Qu'est-ce qui peut faire que Clochette, Jacques Randel, M. Renard ou Ulrich se transforment ainsi, si vite, et si totalement ?

Dans un registre léger, Maupassant fait ainsi dire à la baronne Andrée de Fraisières : « Quand un mari a été gentil pendant six mois, ou un an, ou deux ans, il devient forcément une brute, oui, une vraie brute... Il ne se gêne plus pour rien, il se montre tel qu'il est » (« Joseph », p. 145). Sous leur dehors badin, ces propos ont plus de force qu'il n'y paraît et sous-tendent une bonne part de la logique du recueil : une fois levés certains interdits, l'homme ne se montre-t-il pas « tel qu'il est » ?

Il suffit que le lieu, l'atmosphère, ou les circonstances s'y prêtent pour que très vite se produise un effet de bascule qui plonge le personnage dans un univers qu'il ne soupçonnait pas, mais qui le révèle à lui-même ou aux autres. Peu importent alors le niveau culturel, les impératifs sociaux, ou même ce que le personnage croyait être son tempérament. Si les héros du recueil se transforment si vite ou ont des comportements si peu conformes à leur situation ou à leur condition d'origine, c'est parce qu'ils se sont trouvés au carrefour d'un certain nombre de données qui servent de catalyseur à la manifestation jusqu'alors plus ou moins refoulée de leurs pulsions.

L'enjeu du recueil s'inscrit en effet dans une perspective radicalement différente de celle du naturalisme, et la transformation très brutale des personnages ne doit rien à leur statut social initial.

Tout comme Flaubert, Maupassant n'a jamais dissimulé sa méfiance à l'égard des principes prônés par les écrivains naturalistes. Dès 1877, il écrit par exemple : « Je ne crois pas plus au naturalisme et au réalisme qu'au romantisme. Ces mots à mon sens ne signifient absolument rien et ne servent qu'à des querelles de tempéraments opposés. Je ne crois pas que le naturel, le réel, la vie soient une condition *sine qua non* d'une œuvre littéraire. Des mots que tout cela[1]. » Par la suite, Maupassant restera fidèle à cette position initiale, comme en témoigne notamment son texte « Le roman », publié en tête de *Pierre et Jean* (1887).

1. Lettre à Paul Alexis (?) du 17 janvier 1877.

Non pas, d'ailleurs, que Maupassant nie tout impact de la condition sociale de ses personnages ; celle-ci détermine en grande partie leur façon de penser et d'agir : Honoré Bontemps réagit en paysan comme la baronne de Fraisières en femme du monde. Mais surtout, elle a des conséquences décisives sur la façon dont ils seront jugés finalement par les autres. Jacques Randel finira en prison tandis que la baronne de Grangerie sera protégée par la police ; mais cette situation sociale ne joue malgré tout qu'un rôle restreint dans leurs comportements.

La démarche de Maupassant consiste à détacher autant que possible le personnage de son contexte social ou psychologique habituel, afin d'envisager ses réactions en quelque sorte à l'état brut, indépendamment de facteurs matériels extérieurs par trop susceptibles de le déterminer. Pour analyser ainsi l'individu en soi, il importe d'emblée de l'extraire autant que faire se peut de son milieu.

5. LA DÉSTABILISATION

L'ISOLEMENT

L'isolement est tout d'abord géographique. C'est ainsi que Jacques Randel se retrouve dans une région inconnue de lui, et où surtout il est inconnu : « Il revenait en effet chez lui maintenant, comprenant qu'il trouverait plutôt à s'occuper dans sa ville natale où il était connu, en faisant n'importe quoi, que sur les grands chemins où tout le monde le suspectait » (« Le vagabond », p. 172). Pareillement, le narrateur d'« Amour », celui d'« Une famille » ou celui des « Rois » se trouvent déplacés dans des univers plus ou moins régis par d'autres règles que les leurs, et par là, déstabilisés, ce qui les amène à commettre des erreurs en série.

Mais pour cela, le personnage n'a même pas besoin d'être ainsi transplanté dans un ailleurs inconnu. La séparation d'avec son milieu et d'avec le système de valeurs qui lui est attaché peut s'opérer sans qu'il se soit déplacé. Il suffit qu'il se trouve soudain confronté à une situation à laquelle son milieu d'origine ne l'a aucunement préparé. Honoré Bontemps ne comprend pas pourquoi il devrait veiller sa mère mourante alors qu'il lui faut rentrer son blé, et c'est le médecin, homme d'une autre classe, qui doit le lui imposer. Plus encore, la petite baronne du « Signe » serait bien en peine de trouver dans les codes qui sont les siens une réponse au problème qui se pose à elle.

Se trouvant ainsi face à un problème nouveau pour lui et auquel le système de valeurs qui est le sien ne peut lui fournir aucune solution, il ne reste plus au personnage qu'à trouver la réponse en lui-même, en fonction de sa personnalité propre. Ce n'est plus Jacques Randel, charpentier, qui se trouve réduit à assurer sa survie, ou Clochette, couturière, qui doit sortir d'une situation épineuse, ce sont des individus réduits à eux-mêmes et à leurs seules ressources.

Parfois, leurs capacités d'adaptation sont telles qu'en effet ils parviennent à réparer leur erreur, telles la baronne de Grangerie ou la Rapet, mais le plus souvent, ils en sont réduits à constater leur impuissance. Le narrateur d'« Amour », celui des « Rois », ou celui du « Marquis de Fumerol » sont tous, à des titres divers, dépassés par les événements ; leur statut social ne leur sert de rien, et leur système de valeurs ou de pensée se révèle à eux dans toute sa relativité. « Le Horla » ne fait que pousser cette situation à ses points les plus extrêmes.

Conséquence logique de cette situation, les personnages, contrairement à ce qui se passe dans le naturalisme, ne sont pas déterminés mécaniquement par des causes extérieures à eux. Plus que ceux des premiers recueils de Maupassant, les personnages du *Horla* disposent d'une certaine liberté de choix, au point d'être le plus souvent *responsables* de près ou de loin de la situation dans laquelle ils se trouvent. Même lorsqu'ils se trouvent enfermés dans une sorte de piège, comme Jacques Randel, la baronne de Grangerie, Ulrich ou Clochette, ils s'y sont enfermés tout seuls et l'ont même plus ou moins provoqué. Il n'y a dans ce recueil nulle fatalité absolue, de quelque ordre qu'elle soit. La marge de liberté de chacun est dans une certaine mesure fonction de sa situation matérielle ou intellectuelle, mais elle existe toujours, surtout au départ. Le problème des personnages est justement qu'ils sont libres.

Étant ainsi en grande partie responsables de leurs propres actes, personne, pas même eux, ne saurait rejeter sur une cause extérieure les erreurs qu'ils peuvent commettre. Clochette se contente de répéter inlassablement : « Je suis punie, bien punie ! » (p. 80), M. Renard a beau charger sa femme, il admet qu'il n'aurait pas dû boire et aurait dû porter secours à sa victime (« Le trou »), et le narrateur d'« Amour » reconnaît : « Jamais gémissement de souffrance ne me déchira le cœur comme l'appel désolé, comme le reproche lamentable de ce pauvre animal perdu dans l'espace » (p. 63). Le sentiment de culpabilité est l'un des plus fréquemment éprouvés par les personnages, parfois même avec une intensité démesurée : « Elle avait crié, cette âme sans voix, dans l'âme accablée du dormeur ; elle avait crié son adieu dernier, ou son reproche, ou sa malédiction sur l'homme qui n'avait point assez cherché »(« L'auberge », p. 164).

Livré ainsi à lui-même, ne pouvant plus s'appuyer sur des convictions quelconques, le personnage va d'abord chercher l'appui d'un proche, susceptible de le conforter dans sa décision ou de lui fournir une aide. Le narrateur d'« Amour » recourt à son cousin tout comme la baronne à la marquise. Le paysan du « Diable » sollicite le soutien de sa mère contre les injonctions du médecin : « Et la vieille mourante, tenaillée encore par l'avarice normande, faisait oui de l'œil et du front, engageait son fils à rentrer son blé et à la laisser mourir toute seule » (p. 101-102). Les deux petites aristocrates de « Joseph », quant à elles, ne cessent de s'encourager mutuellement et de se justifier à leurs propres yeux, du simple fait que toutes deux agissent de la même façon (p. 144-145). Dans un univers où leurs valeurs n'ont plus cours, les personnages doivent chercher dans leur double une caution : « Autrefois c'était mon meilleur ami, l'ami de ma pensée, celui avec qui on passe les longues soirées tranquilles et gaies, celui à qui on dit les choses intimes du cœur, pour qui on trouve, en causant doucement, les idées rares, fines, ingénieuses, délicates, nées de la sympathie même qui excite l'esprit et le met à l'aise » (« Une famille », p. 135). Le narrateur du « Horla » cherche de même dans les paroles du vieux moine la confirmation de ce qu'il croit.

Compte tenu de cette logique, la *solitude* devient une chose redoutable. Même lorsqu'elle a été d'abord recherchée ou du moins volontiers consentie, comme par Mme Beaurain dans « Au bois » ou par le narrateur du « Horla » ou celui d'« Amour », elle se retourne vite contre le personnage.

Certes, elle offre souvent d'abord une liberté plus ou moins grande, et les héroïnes de « Joseph », par exemple, ne se plaignent guère de l'absence de leurs maris respectifs ; elle permet d'échapper au regard de l'autre et, par là, de laisser libre cours à ses pulsions. Dans l'univers solitaire et mystérieux du marais, le narrateur d'« Amour » peut s'abandonner à son instinct et opérer un véritable carnage, et dans le village abandonné de Porterin, les héros des « Rois » ne se sentent plus retenus par aucune bride, même s'ils éprouvent eux aussi le besoin de s'encourager mutuellement. Mais ces quelques exemples ne font que confirmer le danger que représente la solitude. Ces personnages, en effet, ne sont jamais seuls ; ils sont accompagnés de leur alter ego qui, encore une fois, a pour fonction de les rassurer ou de les soutenir, et sur lesquels ils pourront, à l'occasion, rejeter la responsabilité de leur acte, tel M. Renard sur sa femme dans « Le trou ».

C'est ce qui rend encore plus radical ou dramatique le cas où le personnage est absolument seul, surtout lorsque l'isolement géographique se combine à l'isolement moral, comme dans « Le vagabond » ou « L'auberge » : « Et il se sentait seul, le misérable, comme aucun homme n'avait jamais été seul ! Il était seul dans cet immense désert de neige, seul à deux mille mètres au-dessus de la terre habitée, au-dessus des maisons humaines, au-dessus de la vie qui s'agite, bruit et palpite, seul dans le ciel glacé ! » (p. 164). Chez Maupassant, quitter son milieu d'origine, c'est aussi perdre ses points de repère mentaux et moraux. Ce qui l'intéresse, ce n'est pas l'individu dans son milieu et déterminé par lui, c'est au contraire l'individu hors de son milieu, et placé soudain face à des choix qui l'engagent plus ou moins profondément. C'est alors que l'individu peut se révéler.

LA PRÉCIPITATION

Pour cerner ainsi les réactions profondes de l'être, il faut multiplier les éléments qui l'obligeront par ailleurs à avoir une réaction spontanée et irréfléchie. Le drame des personnages du recueil vient le plus souvent de ce qu'ils n'ont matériellement pas le temps de réfléchir, face à une situation elle-même imprévue et imprévisible. Le héros du « Trou » déclare : « Je l'aurais repêché pour sûr [...], si j'avais eu le temps tout de suite » (p. 72) ; la baronne de Grangerie ne dispose que d'une petite demi-heure pour se débarrasser de son indésirable client, et Ulrich Kunsi sait qu'il n'a que peu de temps pour retrouver son camarade perdu dans les neiges du glacier. Clochette, ou les protagonistes du « Marquis de Fumerol » ou du « Diable » doivent tous agir vite, trop vite, pour faire des choix décisifs ou qu'ils jugent tels.

Le calcul ou la préméditation, qui jouent un tel rôle dans beaucoup de nouvelles antérieures de Maupassant, sont ici très rares. Les personnages, soit parce qu'ils y sont obligés, soit par caprice, agissent vite, très vite, sous le coup d'une impulsion, et cet acte qu'ils accomplissent ainsi sans avoir le temps de réfléchir est peut-être d'autant plus révélateur de leur nature ou de l'un des aspects cachés de cette nature qu'il n'est pas complètement contrôlé.

À cela s'ajoute le fait que le problème auquel ils se trouvent confrontés survient lui-même très brutalement, alors que rien ne l'annonçait. Si le héros du « Trou » est si démuni, c'est aussi qu'il ne s'attendait nullement à ce que son rival intervienne dans la dispute entre les deux femmes ; Clochette et le jeune aide-instituteur ne prévoient pas davantage l'arrivée soudaine du maître d'école ; la baronne de Grangerie ne soupçonnait pas que son signe serait suivi d'effet. Plus radicalement encore, c'est au milieu d'une beuverie que survient le coup de feu qui dégrise instantanément les héros des « Rois ». Dans ce recueil, rien ne se passe comme on l'attend ; il n'y a pas plus de logique apparente dans les événements que dans les êtres ; ou, plus exactement, les personnages sont à la merci d'événements sur lesquels ils n'ont aucune prise, mais qui n'ont pas non plus de rapport avec leur situation matérielle ou leur milieu d'origine. À la limite, n'importe qui peut, comme le narrateur du « Horla », se trouver soudain confronté à un problème qui le dépasse.

À ce titre, la narration du « Horla » est une fois de plus exemplaire. Face à son journal, le narrateur est seul comme il l'est face à l'être qui le hante, réduit à y inscrire ses impressions brutes, immédiates, sans savoir de quoi sera fait le lendemain et sans pouvoir s'appuyer sur le passé pour y trouver d'éventuels éléments de réponse. Sur un autre mode, la baronne de Grangerie ou l'héroïne d'« Au bois » se racontent sans savoir comment leur histoire finira ; tous risquent quelque chose dans leur récit. Nous sommes loin de la sécurité que procure au narrateur le récit rétrospectif, celui du médecin de « Clochette », par exemple. L'individu est ici abandonné à lui-même.

L'IVRESSE

Comme la solitude ou la précipitation, l'ivresse est un élément récurrent qui provoque chez l'individu la perte de ses points de référence ordinaires. Comme la solitude, elle commence par lui apporter un semblant de bien-être, et lui permet de se libérer des contraintes morales ou autres qui sont les siennes : « Les deux jeunes femmes, étendues sur leurs chaises longues, buvaient maintenant de minute en minute une goutte de chartreuse en fumant des cigarettes, et elles se faisaient des confidences intimes, des confidences que seule cette jolie ivresse inattendue pouvait amener sur leurs lèvres » (« Joseph », p. 143). Il faut la combinaison de l'isolement et de l'alcool pour que certaines tendances puissent ainsi se manifester librement, pulsions violentes ou meurtrières chez les uns, sexuelles chez les autres. Qu'il s'agisse du narrateur d'« Amour », de celui des « Rois », d'Ulrich ou de Jacques Randel, tous ces personnages ne se comporteraient pas comme ils le font sans l'effet de ce catalyseur, d'autant plus qu'il ne s'agit pas chez eux d'une habitude.

En outre, l'alcool est loin d'être la seule cause de l'ivresse des personnages. La nature peut jouer un rôle identique ; il en était déjà question bien des années auparavant dans « Une partie de campagne ».

« Elle se sentait prise d'un renoncement de pensée, d'une quiétude de ses membres, d'un abandonnement d'elle-même, comme envahie par une ivresse multiple. Elle était devenue fort rouge, avec une respiration courte. Les étourdissements du vin, développés par la chaleur torrentielle qui ruisselait autour d'elle, faisaient saluer sur son passage tous les arbres de la berge. Un besoin vague de jouissance, une fermentation du sang parcouraient sa chair excitée par les ardeurs de ce jour[1]. »

---

1. « Une partie de campagne », in *La maison Tellier*, 1881.

Maupassant reprend ce thème dans « Au bois » : « Moi, quand il fait beau, aussi bien maintenant qu'autrefois, je deviens bête à pleurer, et quand je suis à la campagne je perds la tête. La verdure, les oiseaux qui chantent, les blés qui remuent au vent, les hirondelles qui vont si vite, l'odeur de l'herbe, les coquelicots, les marguerites, tout ça me rend folle ! C'est comme le champagne quand on n'en a pas l'habitude ! » (p. 130). Il suffit d'un rien pour que le personnage rompe avec tout ce qui fait de lui un être social, et seul, sans rien qui le rattache désormais aux normes imposées par l'éducation ou la société, l'individu peut régresser à l'état animal.

6. L'ANIMALITÉ

De l'animal, l'homme a déjà souvent l'apparence physique. La vieille mourante du « Diable » a des mains de crabe et les gendarmes du vagabond ont la démarche des oies (p. 175), mais l'animalité physique résulte elle aussi le plus souvent d'une métamorphose. Tandis que les deux héros d'« Amour » se revêtent respectivement d'une fourrure d'ours et d'une fourrure de mouton, le domestique de « Joseph » est quant à lui devenu « maigre comme un coq » (p. 149) et Ulrich, méconnaissable, n'est plus capable que de pousser des cris de bête.

Mais ces similitudes extérieures ne sont rien par rapport aux similitudes de comportement. C'est ainsi que la prostituée du « Signe » est comparée à une araignée et que le narrateur du « Horla » ne cesse d'assimiler l'homme à un animal. Le record de la comparaison animale revient sans doute à Marchas : « [...] fin comme un renard et souple comme un serpent. Il savait éventer des Prussiens ainsi qu'un chien évente un lièvre » (« Les rois », p. 112).

Cette proximité de l'homme et de l'animal peut déjà se traduire par une proximité physique. Jacques Randel boit à même le pis le lait de la vache auprès de laquelle il va dormir peu après, et le corps d'Ulrich se confond avec celui de son chien : « Et ils se couchèrent l'un contre l'autre, l'homme et la bête chauffant leurs corps l'un à l'autre et gelés jusqu'aux moelles cependant » (« L'auberge, p. 162). Maupassant ne cesse de souligner également combien l'animal a des comportements proches de ceux de l'humain. « Amour » ne dit pas autre chose et « Une famille » se clôt sur une comparaison peu flatteuse pour l'homme (p. 141). Mais la nature animale de l'être humain se manifeste de façon beaucoup plus systématique et profonde tout au long du recueil.

Tels des animaux, les personnages se définissent par l'*espace* qu'ils occupent et qu'ils ressentent comme un véritable territoire : « Ce trou-là [...], je pouvais le considérer comme à moi, vu que j'en étais le Christophe Colomb. Tout le monde le savait dans le pays, tout le monde sans opposition. On disait : " Ça, c'est la place à Renard ; et personne n'y serait venu. " » (« Le trou », p. 67). L'importance qu'ils attachent ainsi à leur territoire se marque par la fierté avec laquelle ils en parlent, qu'il s'agisse de la maison du narrateur du « Horla » ou de celle de Simon Radevin, l'ami du héros d'« Une famille », ou du marais qui laisse admiratif le narrateur d'« Amour ». C'est toujours en termes hyperboliques qu'ils présentent l'espace qu'ils considèrent comme leur : « J'avais découvert, voilà trois ans cet été, une place, mais une place ! Oh ! là ! là ! à l'ombre, huit pieds d'eau, au moins, p't'être dix, un trou, quoi, avec des retrous sous la berge, une vraie niche à poisson, un paradis pour le pêcheur » (« Le trou, p. 67). Le personnage ne fait qu'un avec son espace — le narrateur du « Horla » nous le dit assez dès le début — et commet donc une erreur grave en l'abandonnant, ne serait-ce que provisoirement, comme Jacques Randel ou Ulrich Kunsi.

La première démarche du personnage sera alors de protéger cet espace contre les intrusions de l'extérieur. Les deux jeunes femmes qui entourent le marquis de Fumerol mourant montent une garde sévère autour de lui (p. 89), les villageois du « Vagabond » rejettent Jacques Randel en lui répétant : « Pourquoi ne restez-vous pas chez vous ? » (p. 171) ; et Ulrich Kunsi se barricade dans son refuge pour empêcher le fantôme de son compagnon disparu de pénétrer à l'intérieur : « Kunsi, éperdu, s'était levé et, tenant par un pied sa chaise, il cria : " N'entre pas, n'entre pas, n'entre pas ou je te tue " » (p. 165). Le marquis de Fumerol en est d'ailleurs tellement conscient qu'il dépense ses dernières forces à chasser coup sur coup ceux qui tentent de pénétrer indûment chez lui.

Il s'agit de ne pas prêter le moindre flanc à l'adversaire, prompt à saisir la moindre faille, la moindre faiblesse, le moindre handicap. La prostituée du « Signe » n'attire plus personne simplement parce que le soleil n'éclaire plus son trottoir : c'est l'instant que la baronne choisit pour prendre sa place ; le marquis de Fumerol est-il mourant : aussitôt famille et ministres du culte tentent de profiter de la situation et de s'engouffrer dans la brèche. La première défaillance de l'individu est immédiatement exploitée. La Rapet terrorise la vieille mourante avec des histoires de diable, et les gendarmes s'emparent du vagabond pendant son sommeil (p. 182).

Fatale est l'erreur de ceux qui commettent l'imprudence de laisser l'autre, du moins lorsqu'il est inconnu, s'introduire ainsi dans leur territoire. Le héros du « Trou » laissait sa place vacante ; Honoré Bontemps, le paysan du « Diable », la baronne de Grangerie ou le narrateur du « Horla » font encore bien pis : ils sollicitent l'intrusion de l'autre, qui ne manque pas de profiter de cette occasion. Une fois installés, ces parasites ne se laissent pas expulser facilement ni sans contrepartie. Les nouveaux occupants du « Trou » annoncent leur décision de revenir chaque semaine, le jeune homme du « Signe » le lendemain ; quant au Horla, on sait à quel point il est tenace.

Cette occupation de l'espace géographique a tôt fait de se muer en occupation de l'espace mental : « L'idée fixe alors, exaspérée par un mois d'ivresse, et grandissant sans cesse dans l'absolue solitude, s'enfonçait en lui à la façon d'une vrille » (p. 166). L'autre devient ainsi un véritable objet d'obsession et déclenche des réactions physiques et mentales démesurées, proportionnées à l'attachement dont le personnage a fait preuve à l'égard de ce qu'il considère comme sien. M. Renard avoue : « Moi, le cœur me bat ; j'ai une sueur aux tempes [...]. Moi, j'en avais les larmes aux yeux » (p. 69-70). La Rapet, quant à elle, est saisie d'« épouvante » et d'une « colère furieuse », et Ulrich, carrément devenu fou, défend son territoire comme une bête aux abois : « Et des jours et des nuits se passèrent sans qu'ils cessassent de hurler l'un et l'autre » (« L'auberge », p. 167).

C'est qu'entre l'avoir et l'être, il n'y a guère de distinction chez Maupassant.

Autant que par ce qu'il est, le personnage se définit par ce qu'il a. Que l'on remarque par exemple à quel point le narrateur du « Horla », personnage vide par excellence, ne cesse d'insister sur ses possessions, et fait un usage immodéré de l'adjectif possessif. À la limite, la propriété du personnage a plus d'importance encore que lui-même. C'est en tout cas ainsi que raisonnent Honoré Bontemps et sa mère (« Le Diable »), ou la jeune servante du « Vagabond », que la perte du lait répandu émeut plus profondément que la violence dont elle vient d'être victime.

7. LA NÉGATION DE L'AUTRE

LA VOLONTÉ DE PUISSANCE

S'il n'est pas d'autre moyen de se débarrasser de l'autre, il faudra donc l'anéantir. De Hegel à Darwin, la pensée du XIXe siècle est hantée par l'idée que les rapports entre les êtres se jouent sur le mode d'une contradiction irréductible qui suppose la négation d'un élément par un autre. Des écrivains comme Leconte de Lisle, à travers les *Poèmes barbares*, par exemple, ont largement contribué à répandre cette idée que les relations humaines sont celles d'une lutte pour la vie, et Maupassant la reprend à son tour après Zola, lorsqu'il décrit par exemple la rencontre de Jacques Randel avec le maire du village : « Ils se dévisageaient tous les deux avec une haine de bêtes appartenant à des races ennemies » (« Le vagabond », p. 178).

L'influence de Darwin, considérable à cette époque, jointe aussi bien à la violence des conflits politiques et sociaux qu'au sentiment de la « fin d'un monde », engendre alors un mode de pensée pessimiste partagé par les catégories ou les individus les plus divers. L'homme est constamment identifié à un fauve ou à une bête de proie, et l'Histoire à une incessante lutte pour la vie. Les bestiaires n'ont peut-être jamais été aussi nombreux dans la littérature, ni aussi souvent reliés à des images violentes et sanglantes. L'homme n'est qu'un prédateur ou une proie : le narrateur du « Horla » ne cesse d'ailleurs de le répéter.

La négation de l'autre prend des formes variées selon, d'une part, le niveau culturel des personnages et, d'autre part, l'importance subjective du danger encouru. Si la baronne de Grangerie peut se contenter de faire arrêter son visiteur importun, le maire du « Vagabond » fait condamner Jacques Randel à vingt ans de prison, et la Rapet n'hésite pas à précipiter la mort de celle dont elle a la garde. Même si c'est involontairement, M. Renard provoque également la mort de celui qui s'est emparé de son trou. À l'extrême, on assiste à la lutte à mort entre le Horla et le narrateur. Tuer ou être tué : tel est le dilemme qui se présente au personnage de Maupassant.

Celui-ci, en apparence, se conforme sur ce point à la pensée de toute son époque : les rapports entre les individus sont avant tout des rapports de force, les plus forts écrasant les plus faibles ou profitant d'eux. Les victimes toutes désignées sont ainsi les animaux par rapport aux hommes (« Amour »), les vieillards (« Une famille », « Les rois »), les domestiques (« Joseph ») ou les plus démunis (« Clochette », « Le vagabond »). Mais il convient de ne pas se laisser aveugler par ces signes presque trop voyants.

D'abord parce qu'une telle disproportion dans le rapport de force est finalement rare dans l'ensemble du recueil et qu'on n'y rencontre presque pas de victime à l'état pur. La victime du « Trou » a commencé par agresser la femme de son meurtrier, Jacques Randel a commis des délits punis par la loi et Joseph trouve certaines satisfactions dans sa situation, même si elles sont d'ordre masochiste.

Ensuite, contrairement à ce que l'on constate habituellement dans la pensée de cette fin du XIXe siècle, ceux qui disposent d'un certain pouvoir sur autrui ne l'exercent pas pour leur propre survie ou pour assurer leur subsistance, mais uniquement pour leur plaisir. Le but n'est pas de détruire la victime mais de jouir de sa situation afin d'exercer sa volonté de puissance. Simon Radevin et sa famille s'amusent à torturer leur aïeul (« Une famille »), les hussards des « Rois » font boire de force trois malheureuses infirmes, et la baronne de Fraisières se livre sur son domestique à un jeu pervers comparable à celui que la narrateur prête au Horla : « Ma chère, il était dans un état... dans un état effrayant... Il devenait maigre comme... comme un coq... et il roulait des yeux de fou. Moi je m'amusais énormément. C'est un de mes meilleurs étés... » (« Joseph », p. 149). La négation de l'autre, lorsqu'elle ne correspond pas à un besoin vital ou jugé tel, prend toujours la forme d'un jeu cruel et gratuit où il s'agit avant tout de faire la démonstration de son pouvoir et d'en tirer une jouissance sadique « Et il se frottait les mains, content comme il l'était rarement.

« Il reprit : “ Je l'avais dit, je l'avais dit, rien qu'en le voyant sur la route. ”

« Puis, avec un redoublement de joie :

« “ Ah ! gredin, ah ! sale gredin, tu tiens tes vingt ans, mon gaillard ” » (« Le vagabond », p. 183).

À l'inverse, il est frappant de constater que ceux qui vivent effectivement des autres n'en tirent aucun plaisir personnel, au point d'exercer leur métier le plus mécaniquement du monde : la prostituée du « Signe » et la Rapet ont toutes deux établi des grilles horaires précises et ne font intervenir aucune considération d'ordre personnel ou humain dans leur activité.

Le Horla est seul, dans tout le recueil, à combiner ces deux types de rapports à autrui. Quand il ne vit pas du narrateur, il joue avec lui comme un chat avec une souris. Ce qui signifie qu'au fond, il n'agit pas différemment des êtres humains, ou, si l'on préfère, que l'être humain agit comme le Horla.

CHASSEUR ET GIBIER

En tant que rapport animal, le rapport entre les êtres se vit avant tout sur le mode de la chasse.

La chasse est une véritable obsession pour les personnages du recueil. Matériellement, elle constitue la passion du narrateur de la première version du « Horla » et du héros d'« Amour », tout comme la pêche est celle de M. et Mme Renard dans « Le trou ». Mais elle revêt le plus souvent une valeur métaphorique qui définit l'ensemble des rapports humains : « [...] il était leur proie à présent, il était devenu du gibier de prison, capturé par ces chasseurs de criminels qui ne le lâcheraient plus » (« Le vagabond », p. 183).

Comme dans toute chasse, il convient d'abord d'éteindre la méfiance de l'autre et de lui disposer un appât : « Elle l'avait pris, celui-là, comme un pêcheur à la ligne prend un goujon. [...] Vraiment, elle me passionnait, à la fin, cette araignée » (« Le signe », p. 95). L'héroïne de « Joseph » ne procède pas autrement que la prostituée du « Signe », et définit ses manœuvres par la même métaphore : « Nous, nous les passons en revue du matin au soir, et quand nous en avons visé un, nous l'amorçons... [...] Quand on s'est laissé regarder plusieurs fois de suite, un homme vous trouve aussitôt la plus jolie et la plus séduisante des femmes [...] ; et il tombe amoureux comme un bloc. Je le tiens » (p. 146). Le narrateur du « Horla », lui aussi, tend un piège similaire à la créature qui le hante.

Ce piège est d'autant plus efficace que c'est l'autre qui se croit le chasseur : « Donc, je faisais semblant d'écrire, pour le tromper, car il m'épiait lui aussi » (« Le Horla », p. 53). De la même façon, on nous dit des hommes qu'attire la prostituée du « Signe » qu'ils semblaient « prévenus par quelque chose en approchant de la maison, qu'ils la flairaient comme les chiens flairent le gibier » (p. 95). Plus explicitement encore, la baronne Andrée de Fraisières révèle : « Est-ce qu'on ne prend pas les hommes qu'on veut prendre, comme s'ils avaient le choix ! Et ils croient choisir encore... ces imbéciles... mais c'est nous qui choisissons... toujours... » (« Joseph », p. 146).

Entre chasseur et gibier, les rôles sont sans cesse susceptibles de s'inverser. La baronne de Grangerie, après avoir évincé sa rivale, se trouve prise momentanément à son propre piège, tout comme le paysan du « Diable » avec la Rapet. Le héros du « Trou » tue celui qui avait pris sa place. Comme le dit le narrateur du « Horla » : « Est-ce que les chiens, quelquefois, ne mordent point et n'étranglent pas leurs maîtres ? » (p. 48). Cette situation implique elle-même toutes sortes de conséquences.

D'une part, elle signifie que le monde ne se laisse pas réduire à une dichotomie un peu simple entre les forts et les faibles, les bourreaux et les victimes, puisque chacun peut être alternativement l'un et l'autre.

D'autre part, elle implique qu'il n'existe pas de cloison étanche entre les êtres ou les groupes. Puisque l'individu n'est pas déterminé d'avance, qu'il est susceptible d'occuper à tout moment la place qu'occupait l'autre l'instant d'avant, et qu'on peut constater des comportements identiques chez des êtres de conditions très différentes, c'est donc qu'il peut trouver ou retrouver dans l'autre son écho, son reflet, ou son double.

Tout cela suppose donc que la recherche d'une nature profonde de l'être est elle-même peut-être un leurre. La solitude, la précipitation ou l'ivresse amènent certes l'homme à des comportements qu'il n'aurait pas autrement, mais rien n'indique, dans aucune nouvelle du recueil, que ce comportement soit plus « vrai » que son comportement social habituel, et que l'individu s'exprime là dans sa réalité profonde. Bien au contraire, ces situations déstabilisantes sont le plus souvent celles où l'individu perd totalement son identité d'être humain. En régressant à l'animalité ou en sombrant dans la folie, l'être perd justement son statut d'homme. Où commence le naturel, où commence le social ? Impossible à définir par lui-même, l'individu peut-il se définir par les autres ?

8. L'AUTRE COMME DOUBLE

Toute la pensée de Maupassant dans *Le Horla* est traversée par une dialectique du même et de l'autre. De même qu'il est divisé entre son moi social et ses tendances instinctives, le personnage est sans cesse partagé entre la recherche ou la revendication de son identité propre et l'identification à l'autre. Double lui-même, il vit ses rapports à l'autre sur le mode de la duplicité. De la complicité des héroïnes du « Signe » ou de « Joseph » à la rivalité des protagonistes du « Trou », la figure du double est récurrente dans le recueil.

Sous sa forme la plus élémentaire, le double est une simple réplique à l'identique, et chacun des deux éléments ainsi réunis semble indissociable de l'autre. Les deux filles qui entourent le marquis de Fumerol ne sont jamais envisagées séparément. Elles ont les mêmes comportements au même moment et réagissent de la même façon aux mêmes choses. Sur un mode plus dramatique, les deux oiseaux d'« Amour » sont tellement inséparables que l'un ne saurait vivre sans l'autre. Ces êtres, aux réactions primaires, n'ont justement pas d'identité propre. Pour Maupassant, l'être ne se définit pas par son identité à l'autre mais par sa différence. Ce n'est pas un hasard si le narrateur d'« Amour » rejette dans l'anonymat le couple qui s'est donné la mort et qui ranime en lui le souvenir des deux oiseaux qu'il a tués.

À un niveau supérieur, le double se présente donc comme à la fois même et autre. Chez Maupassant, le double ne saurait en effet se réduire à une duplication. Puisque chaque être est susceptible d'avoir les mêmes comportements que les autres, quels que soient sa condition sociale, son âge ou son sexe, il entretient nécessairement avec eux un rapport d'identité. Mais puisque, par ailleurs, dès qu'il s'élève au-dessus d'un simple statut animal, il est dans une certaine mesure libre de ses choix et n'est pas réductible à telle ou telle détermination, il est par définition unique, et donc autre. Le narrateur d'« Amour » est animé de la même passion que son cousin, tout comme le héros du

« Trou » partage celle de sa femme ; les héroïnes du « Signe » ou de « Joseph » sont complices comme le sont d'une autre manière Ulrich Kunsi et Gaspard Hari. Mais aucun de ces personnages ne s'identifie pour autant à l'autre. Davantage, plus la distance adoptée par le personnage à l'égard de son double est importante, et plus il se situe dans une sphère supérieure.

À la différence de ce qui se passait dans le cas d'une simple reproduction de soi, le double offre au personnage la possibilité d'accéder à une expérience nouvelle qui lui permettra de s'épanouir ou de trouver au moins une satisfaction impensable autrement. Le cousin du narrateur d'« Amour », la baronne de Fraisières dans « Joseph », ou Mme Renard dans « Le trou » révèlent à leurs pairs des sources de satisfaction nouvelles pour eux, et ce d'autant plus que ces doubles sont présentés comme supérieurs dans le domaine qu'ils partagent en commun avec le personnage. Karl de Rauville est plus grand chasseur encore que son cousin, la baronne de Fraisières plus experte en libertinage que la comtesse de Gardens, et Mme Renard plus passionnée encore de pêche que son mari à qui elle a communiqué sa passion.

De façon générale, le double en littérature correspond à l'image qu'en donne ici Maupassant. Qu'il s'agisse de Heathcliff par rapport à Catherine dans *Les hauts de Hurlevent*, ou de Hyde par rapport à Jekyll, le double représente en quelque sorte la concrétisation de la part de refoulé du personnage. À ce titre, il représente un pôle d'attraction et de séduction incomparable, en même temps qu'il ne saurait être accepté et intégré.

De sorte que le rapport du personnage à son double est complexe. Il éprouve une admiration, voire une fascination susceptible d'évoluer en véritable besoin vital qui l'amène à ne pouvoir se passer de l'autre. Après la disparition de Gaspard Hari, Ulrich devient fou. La logique est au fond la même que celle qui a mené l'oiseau d'« Amour », lui aussi « affolé », à une sorte de suicide. Sur un mode mineur, et parce qu'il a davantage de ressources intrinsèques, le narrateur d'« Une famille » éprouve seulement une immense tristesse[1].

Mais quoi qu'il arrive, le personnage reconnaît le besoin qu'il a de son double, à la fois soutien et modèle à imiter, au point de reconnaître sa supériorité et de subir et accepter son influence. Le narrateur d'« Amour » se repose entièrement sur son cousin, tout comme Garens, le narrateur des « Rois », se laisse entraîner par Marchas, et comme la comtesse de « Joseph » en est réduite à pousser à chaque réplique de la baronne un « Oh ! Andrée ! » admiratif.

Ce faisant, ils laissent s'exprimer la part la plus instinctive, la plus primitive de leur être en même temps que, loin de réaliser ainsi leur essence, ils se trouvent envahis par leur double et achèvent de voir se diluer leur propre identité. C'est dans un état d'ivresse ou de griserie que Garens ou la comtesse de Gardens se laissent ainsi aller à pareille abdication de leur personnalité.

S'affirmer contre l'autre mais se définir à travers lui : plus que tout autre personnage

1. Sur le problème de la reproduction et de l'imitation chez Maupassant, on pourra notamment consulter les travaux de Philippe Hamon (voir Dossier, p. 173).

du recueil, le narrateur du « Horla » est pris dans cette contradiction.

II LA NOUVELLE

1. REMARQUES PRÉLIMINAIRES

DE CERTAINES CONFUSIONS

L'appréhension que nous pouvons avoir du « Horla » est depuis toujours obscurcie par des confusions ou des assimilations hâtives de toutes sortes.

Le premier de ces effets de brouillage résulte du fait que Maupassant a donné deux versions de ce récit : la première parut d'abord dans *Gil Blas* en 1886 avant d'être publiée l'année suivante dans le recueil qui porte ce titre, à la suite de la seconde version. Cette situation incite inévitablement à voir dans la première une ébauche de la seconde, à tel point que l'on réduit souvent la comparaison entre les deux textes aux seules considérations stylistiques et qu'au lieu d'envisager chacun dans sa spécificité, on lit la seconde version à travers le filtre de la première, même si c'est pour mieux mettre en valeur ses qualités. Or, le deuxième « Horla » n'est pas une simple réécriture du premier. Entre ces deux œuvres, la différence n'est pas seulement qualitative ; nous assistons à un changement radical d'enjeu.

Comparaison pour comparaison, il est tout aussi pertinent, voire indispensable, de rapprocher ces deux textes de la « Lettre d'un fou[1] », dont certains passages sont repris presque mot pour mot dans les deux versions du « Horla ». Les trois textes présentent donc nombre de points communs évidents, presque trop évidents, et plus que jamais, il importe de se méfier des apparences.

La deuxième confusion, et non la moindre, provient des diverses réductions qui ont été opérées dès l'origine sous couvert d'un discours psychiatrique ou psychologisant. D'abord, on s'obstine encore souvent à voir dans « Le Horla » la représentation d'un cas clinique : puisque Maupassant a suivi assidûment les leçons de Charcot à la Salpêtrière et qu'il s'intéresse, comme la plupart de ses contemporains, à tous les développements scientifiques, notamment dans le domaine de la psychiatrie, il aurait, en bon écrivain naturaliste, décrit une pathologie. Dès le 5 janvier 1892, soit quatre jours après la tentative de suicide de Maupassant, qui fait alors grand bruit au point de représenter pour les éditeurs un véritable coup médiatique propre à relancer les ventes, *Le Figaro*, qui s'apprête à reproduire « La peur[2] » dans ses colonnes, publie à point nommé la déclaration suivante d'un certain docteur Garnier : « Il y a, dans ces cinquante pages du " Horla ", la description d'une intensité incomparable, d'un délire hallucinatoire provoqué par l'intoxication. Un clinicien ne pourrait guère mieux parler des angoisses,

1. *Gil Blas*, 17 février 1885. Ce récit n'a pas été repris en recueil.

2. In *Contes de la bécasse*, 1883.

des terreurs, des affolements de cette variété de folie[1]. »

Voilà qui était bien propre à alimenter une autre confusion, elle aussi toujours vivace, celle entre Maupassant lui-même et son personnage. Comme dans beaucoup de ses nouvelles, Maupassant a mis en scène un fou dans « Le Horla » ; or, lui-même était atteint de graves troubles mentaux et est mort dans les circonstances que l'on sait ; donc, c'est sa propre folie qu'il aurait représentée dans cette nouvelle.

Maupassant avait eu beau prévoir cette dérive et s'en moquer, rien n'y a fait : « J'ai envoyé aujourd'hui à Paris le manuscrit du " Horla " ; avant huit jours, vous verrez que tous les journaux publieront que je suis fou. À leur aise, ma foi, car je suis sain d'esprit, et je savais très bien, en écrivant cette nouvelle, ce que je faisais. C'est une œuvre d'imagination qui frappera le lecteur et lui fera passer plus d'un frisson dans le dos, car c'est étrange[2]. »

Voici ce qu'écrit notamment l'un des plus illustres tenants de cette lecture, Otto Rank : « Comme Poe, Hoffmann et Baudelaire, il souffrait, quoique pour une autre cause, d'hallucinations et d'illusions qu'il a souvent décrites dans ses œuvres. Plus tard, il eut des idées de grandeur et des idées de persécution qui l'ont même conduit à une tentative de suicide. Depuis longtemps déjà, il luttait contre " l'ennemi intime " qu'il a si magistralement dépeint dans " Le Horla ", qui, comme " Lui ? " et beaucoup d'autres contes, n'est pas autre chose qu'une poignante autobiographie[3]. »

1. Cité par André Vial, *Faits et significations*, Nizet, 1973, p. 323.

2. Rapporté par François Tassart, *Souvenirs sur Guy de Maupassant par François son valet de chambre*, Plon, 1911.

3. *Don Juan et le double*, Payot, 1973, p. 45.

Outre que les témoignages concernant la nature exacte des troubles dont souffrait Maupassant sont presque tous de seconde main et concernent surtout la période postérieure à 1887, une telle démarche est de toute façon réductrice et ne permet guère de progresser dans l'analyse de la spécificité de ce récit.

Avec de pareils raisonnements, rien ne différencierait fondamentalement « Le Horla » d'une œuvre comme *Aurélia* de Nerval : toutes deux seraient des sortes d'exutoires dans lesquels l'auteur aurait exprimé librement ses troubles personnels. C'est entre autres oublier un peu vite que « Le Horla », qu'il s'agisse de sa première ou de sa deuxième version, est un récit fantastique et qu'à ce titre il obéit à des règles qui, bien que non codifiées, sont extrêmement strictes et précises. Un récit fantastique n'a jamais été la production délirante d'un cerveau malade, mais le résultat d'un travail complexe à partir d'un schéma donné qui constitue le genre en tant que tel. Les contraintes du récit fantastique sont telles, et tellement nombreuses, qu'il est matériellement impossible qu'existe, ne serait-ce que sur quelques points, une coïncidence quelconque entre les éléments profonds qui composent ces récits et les troubles psychiques éventuels de leur auteur.

Dans cette mouvance, on s'est de même appliqué à rechercher toutes sortes de rapprochements : sous prétexte, par exemple, que la maison du narrateur correspondrait à celle de Flaubert à Croisset, et que son journal débute un 8 mai, date anniversaire de la mort de l'écrivain, on en a parfois conclu que la fin du récit signifiait une sorte de mise à mort symbolique du père. Non seulement on élude encore une fois le problème de l'enjeu du « Horla », mais on redouble la confusion qui entoure ce texte.

Il est très probable qu'en effet Maupassant s'est inspiré de la maison de Flaubert à Croisset pour situer l'action du « Horla ». De là à en tirer des conclusions audacieuses sur l'image du père, il y a sans doute un pas. Non seulement c'est l'ensemble de ce site qui était bordé de maisons blanches pareilles à celle de Flaubert, mais surtout il suffit de comparer les indications contenues dans « Le Horla » avec la description, réaliste celle-là, que Maupassant fait de la maison de Flaubert dans ses chroniques[1], pour mesurer à quel point il a fait subir à ce matériau initial une transformation de type poétique, qui servait des desseins essentiellement littéraires n'ayant rien à voir avec l'inconscient supposé de leur auteur.

1. « Flaubert et sa maison », *Gil Blas*, supplément, 24 novembre 1890 (voir Dossier, p. 145).

Un troisième type de confusion possible résulte du problème du public auquel s'adressait Maupassant, problème que l'on ne saurait régler en se contentant de recourir à la notion quelque peu métaphysique de lecteur, qu'il est nécessaire de dégager des présupposés platoniciens qui la sous-tendent ; et le problème est ici d'autant plus complexe que Maupassant s'adressait à des catégories de lecteurs à la fois très larges et très différentes les unes des autres ; or, ce qui est déjà vrai de l'ensemble de son œuvre l'est encore plus de ses récits fantastiques, pour des raisons qui tiennent à l'histoire et à la nature du genre.

Depuis les origines, en effet, la littérature fantastique a oscillé, dans sa production, dans sa réception ou dans les deux à la fois, entre deux pôles bien différents. Pour une part, elle s'inscrivait plus ou moins dans le prolongement du conte merveilleux traditionnel et dans un imaginaire collectif archaïque auquel le public n'accordait certes plus de créance, mais qui satisfaisait néanmoins certains besoins, inconscients ou non.

Dans cette perspective, le récit fantastique s'adresse à un public large, et vise avant tout à l'effet à produire, en exploitant, souvent à la fois, un vieux fonds légendaire et des thèmes à succès. La plupart des nouvelles de Poe, par exemple, ou la première version du « Horla », relèvent de cette tendance qui s'exprime dans la préface de *La fée aux miettes* de Nodier ou dans l'article de Maupassant lui-même sur le fantastique[1], paru précisément dans *Le Gaulois*, journal plus traditionaliste que *Gil Blas*, d'inspiration plus « artiste ».

1. Voir Dossier, p. 141.

Maupassant écrivit dans *Le Gaulois* régulièrement de 1880 à 1887. Ce journal, dirigé par Arthur Meyer, qui servit peut-être de modèle pour le personnage de M. Walter dans *Bel-Ami*, était de tendance monarchiste et conservatrice. De ce fait, Maupassant préférait publier ses textes les plus audacieux dans *Gil Blas*, journal d'un ton plus libre, et de tendance centre gauche. Indifférent aux options politiques de l'un comme de l'autre, il a surtout trouvé dans le journal un support qui lui garantissait une large audience.

Mais, par ailleurs, le genre fantastique a constitué, notamment à cause des libertés qu'il permettait, un terrain privilégié pour toutes sortes de recherches formelles dont *La Vénus d'Ille* de Mérimée est l'un des premiers exemples, et qui trouvent précisément leur apogée dans les années 1880. Entre 1880 et 1900, la littérature fantastique a vu apparaître une exceptionnelle floraison de chefs-d'œuvre, dont chacun se caractérise par l'exploration de techniques ou de problèmes formels particuliers, qu'il s'agisse de *L'étrange cas du Dr Jekyll et de Mr Hyde* de Stevenson, ou du *Tour d'écrou* de Henry James, pour ne mentionner que les plus célèbres d'entre eux. Maupassant, écrivain préoccupé par ces problèmes s'il en fut, ami de Tourgueniev et de Henry James, a vu dans la littérature fantastique tout autre chose qu'un simple divertissement ; elle constituait un véritable champ d'expérience formelle. Tout autant qu'au grand public mais à un autre niveau de lecture, « Le Horla », du moins dans sa seconde version, s'adressait à une élite intellectuelle bien davantage préoccupée de problèmes de technique littéraire que d'hypnotisme, de magnétisme, ou de l'existence des extraterrestres.

Les différences entre les deux versions du « Horla » doivent être envisagées entre autres à cette lumière. Les préoccupations à l'œuvre dans l'un et l'autre texte ne sont pas les mêmes, et la complexité plus importante du second tient notamment au fait qu'il s'adresse à un public beaucoup plus hétérogène, populaire ou mondain pour une part, plus intellectuel et artiste pour une autre.

En exploitant l'intérêt porté alors à des

sujets aussi divers que le magnétisme, les extraterrestres ou même le Mont-Saint-Michel, menacé de disparition, Maupassant sait qu'il va satisfaire un large public, à la fois populaire et mondain. Mais en même temps, la seconde version du « Horla » s'inscrit, au niveau formel, à l'intérieur de tout un courant de recherche qui définit la modernité de la fin du XIXe siècle, et qui prend à l'occasion le fantastique pour support, mais qui ne concernait assurément pas pour autant le profane.

LE SCHÉMA DU RÉCIT FANTASTIQUE

Tout récit fantastique se ramène à un schéma mettant en œuvre deux éléments constitutifs : un *personnage* banal, que rien ne semble prédisposer à une telle expérience, se trouve soudain confronté à un *phénomène*, qui contredit lui-même toutes les lois physiques connues ou toutes les croyances communément admises. Tout oppose au départ ces deux éléments essentiels qui se présentent comme les reflets inversés l'un de l'autre. Le personnage est aussi insignifiant et démuni que le phénomène est important et puissant. Peu à peu, le phénomène envahit le personnage, matériellement et intellectuellement, au point de lui enlever toute autonomie, et même éventuellement de ne plus faire qu'un avec lui.

Cette importance croissante du phénomène provoque certes chez le personnage une réaction d'angoisse dans un premier temps, mais lui permet en même temps de prendre ainsi conscience de ses propres limites, de réagir pour survivre à cette force qui l'écrase, et par là, de se dépasser éventuellement lui-même. S'ensuit alors un rapprochement singulier entre les deux : le phénomène s'avère moins inaccessible et non humain qu'il y paraissait ; et, inversement, le personnage atteint dans le même temps une dimension imprévue, au point de finir par ne faire plus qu'un avec le phénomène ; et leurs sorts étant intimement liés, la disparition de l'un coïncide avec celle de l'autre.

À première lecture, « Le Horla » correspond en tous points à un tel schéma.

2. LE HORLA, POINT LIMITE DU PHÉNOMÈNE FANTASTIQUE

SON NOM

Peu de noms ont donné lieu à autant d'interprétations que celui du Horla. Dès 1901, l'*Intermédiaire des chercheurs et des curieux* publie la question d'un lecteur : « Peut-on attribuer une origine logique au mot *Horla* créé par Maupassant ? » Quelques jours plus tard, en effet, un certain Mansuy propose la réponse suivante : « Sur la Côte d'Azur, il y avait de riches Russes, admirateurs de Maupassant — dont ils connaissaient, entre autres, *Mont-Oriol*.

« Le génitif, en russe, d'Oriol, serait Orla. En outre, l'accusatif est aussi Orla. Oriol signifie l'aigle.

« Ils auraient donc désigné Maupassant en chuchotant *Orla... Orla...* ce qui l'aurait impressionné. »

Ceci lui vaut la prompte et moins fantaisiste réponse d'un autre lecteur : « [...] il est évident pour moi qu'ayant à nommer un être mystérieux, d'essence et de formes inconnues, il a dû chercher une combinaison de syllabes sonore, étrange, mais ne correspondant à aucune appellation connue.

« [...] Je conclus donc que le nom de Horla est une création réussie non l'adaptation d'une forme existante[1] ».

Survient là-dessus une troisième interprétation, qui a le mérite de la simplicité, et à laquelle a tendance à se rallier Louis Forestier dans son édition des œuvres de Maupassant : « Très logique, le mot créé par Maupassant pour exprimer son idée. Il n'y a qu'à lire la nouvelle du *Horla* pour voir que l'auteur a voulu rendre, par ce terme, l'impression que produit au sujet le fantastique dont il se sent entouré : le *hors-là*[2]. » Cette interprétation, la plus répandue encore de nos jours, conserve sans doute une relative pertinence. On ne saurait nier que le Horla est à la fois présent et absent, intérieur et extérieur.

La polémique était engagée ; elle est loin d'être close. Armand Lanoux signale, dans *Maupassant le Bel-Ami*[3], l'attirance de l'auteur pour l'alternance des voyelles *o* et *a*, telles qu'on les rencontre dans le nom de Zola ; André Vial[4] y voit une réminiscence du *Hurlubleu* de Nodier, tandis que Marie-Claire Bancquart affirme : « Point n'est be-

1. Cité par Pierre Cogny, *Le Maupassant du « Horla »*, Lettres modernes, Minard, 1970, p. 11-12.

2. *Contes et nouvelles II*, Gallimard, Bibliothèque de la Pléiade, p. 1621.

3. *Maupassant le Bel-Ami*, Fayard, p. 110.

4. « Le lignage clandestin de Maupassant conteur " fantastique " », *Revue d'histoire littéraire de la France*, novembre-décembre 1973, n° 6, p. 1007, note 37.

soin de s'interroger sur la signification de ce terme : il veut dire " Celui qui vient d'ailleurs ", le " Horsain " (étranger) du dialecte normand. Le patronyme " Horlaville " est des plus fréquents en Normandie, et Maupassant l'a donné à deux de ses héros[1]. »

D'autres, sans doute inspirés par la publication contemporaine des anagrammes de Saussure, préfèrent se livrer au jeu des anagrammes. Ainsi, Philippe Hamon déclare : « [...] on remarquera à certains endroits du texte une augmentation de la fréquence de certaines syllabes, lettres ou phonèmes, ceux ou celles constitutifs du nom HORLA : OR, LA, HO, H-R-L, etc. De plus, l'apparition de ces unités semble coïncider avec des moments narrativement marqués, ceux où la présence du Horla se fait plus manifeste[2] ».

Interprétations relayées par celle d'André Targe : « Ainsi, l'inversion des deux personnes grammaticales du récit (Lui et Je) trouve un écho dans cette anagrammatisation obsessionnelle : Horla / Alhor / Alors[3] », puis par celle, non moins fantaisiste, de Philippe Bonnefis qui, en dépouillant un poème de jeunesse de Maupassant, « Terreur » (repris dans le recueil *Des vers* en 1880), parvient à y dénicher les fameuses syllabes : « Ce soir-*là* j'avais lu fort longtemps quelque auteur » et, deux vers plus loin : « Il était bien minuit, et tout à coup j'eus peur. Peur de quoi ? je ne sais, mais une peur *hor*-rible[4]. »

Entre-temps, André Vial avait fait remarquer que Horla est aussi l'anagramme du pseudonyme de l'un des amis de Maupassant, le docteur Jean Cazalis, *alias* Jean Lahor[5].

1. Introduction à l'édition du *Horla et autres contes cruels et fantastiques*, Classiques Garnier, p. XXXV.

2. « " Le Horla " de Guy de Maupassant. Essai de description structurale », *Littérature*, Larousse, n° 4, décembre 1971, p. 43.

3. « Trois apparitions du Horla », *Poétique*, Seuil, n° 24, 1975, p. 457.

4. *Comme Maupassant*, p. 133-139.

5. Cité par P. Cogny, *op. cit.*, p. 12.

Louis Forestier[1], quant à lui, signale pour en sourire qu'on peut trouver dans ce nom les composantes de *choléra*, maladie dont Maupassant parle dans sa nouvelle *La peur*. Philippe Bonnefis n'hésite pas non plus à y voir également l'inversion du nom du Rolla de Musset ; et Marie-Claire Ropars-Wuilleumier suggère un rapprochement inattendu avec *Pierre et Jean* : « Du Hor/LA à Ro/LAND il n'est, ou presque, que l'inversion d'un anagramme [...]. Les deux textes fonctionnent ainsi à l'envers l'un et l'autre — *Pierre et Jean* constituant la version refoulante, rassurante d'un même récit latent, celui du double, porteur de mort[2]. »

1. *Op. cit.*, p. 1621. *Cf. supra*, p. 61.

2. « Lire l'écriture », *Esprit*, décembre 1974, p. 827.

Pour être déjà longue, la liste est cependant loin d'être exhaustive.

Peu importe au fond le degré de validité de chacune de ces interprétations. Outre que l'on peut dénoncer leur caractère nécessairement réducteur, elles correspondent toutes à une même démarche herméneutique des plus contestables. De même que l'on a très tôt cherché à donner au fameux *ptyx* de Mallarmé une signification que celui-ci avait mis tous ses soins à abolir, on a essayé de ramener à tout prix l'inconnu au connu, l'indéfinissable au définissable. De façon générale on a systématiquement tenté de ramener « Le Horla » à des catégories connues et, ce faisant, on tombait dans le piège — ou l'on se faisait complice involontaire du jeu — que proposait Maupassant, qui eût sans doute apprécié ces commentaires qui correspondaient à l'effet recherché : susciter les interrogations les plus diverses, jeter le trouble dans l'esprit du lecteur et faire en sorte que chacun voie dans le Horla quelque chose de différent et, à la limite, se projette, avec ses peurs, ses obsessions et ses fantasmes, dans ce phénomène vide. La fantaisie interprétative à laquelle ce titre a donné lieu en apprend déjà beaucoup sur le fonctionnement très particulier de ce texte. Revenons donc encore sur ce titre, sans chercher à en proposer une énième interprétation.

À première vue, le nom du Horla s'inscrit à l'intérieur de toute une tradition. Déjà, il n'y a pas lieu de s'étonner qu'il donne son nom à la nouvelle : c'est une constante de la littérature fantastique que le phénomène soit ainsi mis en relief au détriment du personnage. Ensuite, lorsque le phénomène fantastique est doté d'un nom, ce nom est le plus souvent composé de trois syllabes dont la dernière est un *a* : Ligeia, Morella (Poe), Carmilla (Le Fanu), Dracula (Bram Stoker)[1]. Les exemples de ce type abondent. Outre sa résonance exotique, propre à suggérer l'idée d'un ailleurs, la voyelle *a* évoque, si l'on en croit Henri Morier[2], la grandeur physique et morale. Par ailleurs, il est probable que le rythme ternaire — introduit, si l'on y adjoint l'article, par les trois syllabes de ce nom — souligne l'impression de force et de stabilité qui s'en dégage de toute façon, et l'usage de la majuscule achève d'amplifier cet effet.

Mais il y a ici quelque chose de plus, sinon pourquoi ce nom aurait-il tout de suite suscité tant d'interrogations ? La surenchère interprétative à laquelle il a donné lieu représente un cas unique dans l'histoire de la litté-

1. Voir J. Malrieu, *Le fantastique*, Hachette, 1992, p. 91.

2. *Dictionnaire de poétique et de rhétorique*, PUF, 1961, p. 1237-1238.

rature fantastique, et même si le nom de Morella, par exemple, s'est prêté lui aussi à toutes sortes d'interprétations, cela n'a rien de comparable avec ce qui s'est produit autour du nom du Horla.

C'est qu'en fait Maupassant procède à une reprise apparente de la tradition en même temps qu'à sa subversion. À la lecture d'un tel titre, qui respecte les règles habituelles du genre, le lecteur rattache d'emblée la nouvelle au genre fantastique, c'est-à-dire à quelque chose de connu et de codifié, et donc malgré tout de rassurant.

Obnubilé qu'on a été par la signification du nom Horla, on en a trop souvent négligé un élément essentiel et qui n'est pas pour rien dans l'impression de malaise que provoque ce titre trop apparemment canonique : l'article défini. Maupassant exploite en effet ce déterminant avec plusieurs valeurs simultanées. D'une part, l'article défini singulier souligne le caractère unique de ce phénomène et le met en relief. C'est cette valeur que l'on retrouve lorsque l'on parle de *la* Gradiva de Jensen, ou dans un autre domaine, *du* Titien ou de *la* Callas. En ce sens, l'emploi de la majuscule participe de cet effet. Mais de l'autre, ce défini singulier est également propre à présenter un groupe ou une espèce, comme lorsqu'on parle de la grenouille ou du papillon. C'est ainsi que nombre de commentateurs en arrivent, sans doute sans s'en rendre compte, à écrire le nom du Horla sans majuscule, signe évident de cette valeur de simple substantif que l'on attache à ce nom. Cette valeur se trouvera d'ailleurs confirmée dans la suite du récit par le fait que les populations du Brésil seraient touchées en masse par ce type d'êtres.

Par ailleurs, l'usage de l'article défini renvoie par nature à une réalité déjà connue à la fois du lecteur et de l'interlocuteur. Le lecteur se trouve donc confronté à la situation suivante : d'un côté, on lui présente un nom sans référent aucun et même sans signification manifeste ; de l'autre, il est censé être déjà au courant de ce référent. Situation inconfortable s'il en est.

De tels effets auraient été impossibles avec l'usage d'un simple nom propre comme Ligeia ou Dracula. De sorte que le Horla est à la fois un et multiple, avec tout ce que le rapprochement de ces deux notions contradictoires suppose d'importance à la fois qualitative et quantitative, et peut susciter de malaise. Nous avons ici à peu près l'équivalent des démons auxquels les auteurs des évangiles font dire : « Mon nom est Légion[1]. »

1. Marc 5.9 et Luc 8. 30.

Le nom du Horla ne renvoie donc, ni sémantiquement ni morphologiquement, à rien de précis ou de connu, alors même que Maupassant fait mine de le poser comme tel. Son art consiste, entre autres, à donner au lecteur l'impression d'être en face d'une réalité connue, sinon familière, et à introduire des éléments qui viennent insidieusement perturber cette première impression trop sûre et trop immédiate.

SA NATURE

Comme tout être réel ou imaginaire, le phénomène fantastique se définit notamment par sa nature et par ses attributs. Plus sa nature s'éloigne de celle de l'être humain, ou même de celle de l'être vivant organique en général, et plus il échappe à l'appréhension physique ou intellectuelle ; plus ses attributs sont démesurés ou différents de ceux de l'humain, et plus son pouvoir est grand.

C'est ainsi par exemple que dès 1859, dans un récit intitulé *What was it* [1] ?, l'écrivain irlando-américain Fitz-James O'Brien avait imaginé lui aussi un être invisible, qui venait agresser physiquement le héros de l'histoire, mais qui, en dehors de son invisibilité, présentait toutes les caractéristiques d'un être humain ordinaire, et même se révélait singulièrement impuissant, et inapte à survivre sans nourriture. À l'inverse, la Vénus d'Ille, en dehors de son apparence extérieure qui la rapproche de l'humain, est dotée d'une nature et d'attributs non humains qui lui confèrent une sorte de toute-puissance quasi absolue. Or, si la Vénus d'Ille représente déjà un cas dans l'histoire de la littérature fantastique tant son pouvoir et son étrangeté atteignent un degré exceptionnel, le Horla la surpasse de très loin.

1. Voir Dossier, p. 149.

La supériorité, voire la toute-puissance, du phénomène fantastique tient au fait qu'il n'obéit pas aux lois physiques qui régissent l'univers tel que nous le connaissons. Mais, quelle que soit l'étendue de son pouvoir, il se caractérise par un nombre fini d'éléments qui constituent aussi ses limites. Or, de par sa nature, le Horla se présente comme un phénomène plus étrange que n'importe quel autre, et que l'on réduit trop souvent à sa simple invisibilité. S'il en était ainsi, il présenterait les mêmes limites que tous les êtres invisibles que l'on rencontre ici et là dans la littérature fantastique, et que beaucoup d'éléments rapprochent par ailleurs de l'humain.

Toute-puissance d'un fluide

Au lieu de cela, contrairement, par exemple à la créature imaginée par O'Brien, le Horla apparaît souvent, sur le plan matériel, comme un fluide liquide. Qu'on en juge par la description approximative qu'en fait le narrateur vers la fin : « Puis voilà que tout à coup je commençai à m'apercevoir dans une brume, au fond du miroir, dans une brume comme à travers une nappe d'eau ; et il me semblait que cette eau glissait de gauche à droite, lentement, rendant plus précise mon image, de seconde en seconde » (p. 53).

Voilà qui permet notamment de rendre compte du fait que le narrateur échoue dans sa tentative de le détruire par le feu. Du fluide liquide, il possède d'ailleurs la propriété d'être transparent, invisible, et impossible à cerner.

Mais le Horla possède aussi certaines propriétés des fluides gazeux cette fois, et en particulier l'intangibilité. Chaque fois que le narrateur tente de le saisir, il rencontre le vide. Le caractère fluide de ce corps est confirmé par le fait que, contrairement à ce qui se passait dans la première version, le Horla n'a nullement besoin de déplacer les linges qui enserrent la carafe pour boire l'eau qui y est contenue. Le Horla, grand amateur d'eau, est par ailleurs sans arrêt comparé au vent et semble se nourrir non de sang, mais du souffle de ses victimes, surtout si l'on en croit la première version, plus explicite encore à cet égard que la seconde (cf. p. 199).

En outre, et il se montre sur ce point supérieur au vent lui-même, il paraît inaudible. Le narrateur peut bien éprouver le sentiment d'une présence derrière lui, voir une rose flotter dans l'air ou les pages d'un livre tourner toutes seules, il n'entend jamais le Horla dont les apparitions restent de l'ordre du visuel.

Intangible, invisible, inaudible, le Horla est d'une nature bien supérieure à celle de la malheureuse créature imaginée par O'Brien et par les successeurs de Maupassant, dont aucun n'osera accorder autant d'attributs au phénomène qu'ils mettront en scène.

D'autant plus que les choses ne s'arrêtent pas là : inconnaissable par aucun des sens, le Horla n'est pas davantage connaissable par la raison. Le narrateur a beau se plonger dans la lecture d'un ouvrage apparemment très exhaustif sur « l'histoire et les manifestations de tous les êtres invisibles rôdant autour de l'homme ou rêvés par lui », il n'en tire aucun renseignement : « aucun d'eux ne ressemble à celui qui me hante » (p. 47). On comprend aisément son désarroi : « moi aussi je veux... je pourrai... mais il faut le connaître, le toucher, le voir ! » (p. 50). Plus qu'aucun autre phénomène fantastique, le Horla semble échapper à toute appréhension. C'est aussi ce qui fonde sa puissance.

Tout ceci n'est rien encore ; non seulement, en effet, le Horla appartient à une autre sphère que la nôtre, qui le rend totalement inaccessible, mais de surcroît il semble avoir tout pouvoir sur l'individu. Il ne se réduit pas à un simple corps étranger qui s'emparerait de l'humain de façon mécanique et aveugle, il est aussi un esprit doté d'un pouvoir apparemment sans limites. Plus d'ailleurs on avance dans le texte, et plus l'absorption du narrateur par le Horla prend des formes mentales et non plus physiques. « Force occulte », ainsi qu'il le définit plusieurs fois, le Horla exerce sur son esprit une emprise de plus en plus forte. Cet être quasiment omniprésent, qui ne cesse de voir sans être vu, touché ou entendu, possède aussi la capacité de s'imposer jusqu'à souffler son nom au narrateur, à l'obliger d'accomplir tel ou tel acte, ou d'imaginer tel ou tel délire : « Qu'ai-je donc ? C'est lui, lui, le Horla, qui me hante, qui me fait penser ces folies ! Il est en moi, il devient mon âme » (p. 52).

Par ailleurs, contrairement à nombre de phénomènes fantastiques, le Horla n'aspire pas à une vie ou à une reconnaissance d'ordre social. Tout monstrueux qu'ils soient, Hyde, Dracula, Clarimonde[1] ou le monstre de Frankenstein mènent ou cherchent à mener une existence sociale, qui les oblige à se plier à certains impératifs, limite de façon plus ou moins importante leur champ d'action, et parfois même constitue l'une des causes de leur perte. Le Horla est à l'abri de ce genre de soucis. N'ayant pas d'existence matérielle identifiable, ayant pour seul but de s'emparer du corps et de l'esprit d'un individu ou d'un

1. Personnage phénoménal de *La morte amoureuse* de Théophile Gautier.

groupe, il vit comme une sorte d'être purement organique, parasite, et indestructible de surcroît.

Mais ce terme de parasite, dont le qualifie le narrateur, est encore impropre. La toute-puissance du Horla et son caractère divin sont tels qu'il semble même ne tenir son existence que de lui-même et ne dépendre d'aucun être pour exister : « [...] seul peut-être le temps a prise sur l'Être Invisible et Redoutable. [...] Après celui qui peut mourir tous les jours, à toutes les heures, à toutes les minutes, par tous les accidents, est venu celui qui ne doit mourir qu'à son jour, à son heure, à sa minute, parce qu'il a touché la limite de son existence ! » (p. 56).

Extraordinaire synthèse de toutes sortes d'éléments ou d'attributs différents, le Horla se définit avant tout par l'oxymore, figure récurrente de toute la nouvelle ; c'est ainsi que le narrateur nous parle de « ce corps d'Esprit » (p. 56) et de sa « transparence opaque » (p. 53).

À ce stade, il apparaît clairement que Maupassant a poussé à un point limite la logique du récit fantastique, qui consiste à doter le phénomène d'un maximum de propriétés de l'ordre du non-humain qui fondent son indiscutable supériorité sur le personnage. Le Horla possède ainsi des attributs qui l'apparentent plus qu'aucun autre au divin.

Limites d'un solide

Mais cette même logique exige que le phénomène ne soit pas aussi tout-puissant qu'il y paraît à première vue. Celui-ci se définit également par une série de traits qui, cette fois, le rapprochent de l'humain, et c'est là que réside sa faiblesse. À partir du moment où il devient identifiable ou connaissable, le personnage a prise sur lui à son tour. Dracula ne dispose d'un pouvoir absolu que jusqu'au moment où le docteur Van Helsing l'identifie comme étant un vampire.

Il en va de même dans « Le Horla », conforme sur ce point aux règles imposées par le genre. Selon un schéma canonique, la puissance du Horla ne fait que croître jusqu'au moment précis où il se manifeste de façon concrète, en se laissant voir, lors de l'épisode crucial de la rose. C'est à partir de cet instant que le narrateur parvient enfin à des certitudes et abandonne l'hypothèse de sa propre folie : « Cette fois, je ne suis pas fou. J'ai vu... j'ai vu... j'ai vu !... Je ne puis plus douter... j'ai vu !... » (p. 42).

Plus encore, le phénomène, qui n'était repérable tout d'abord qu'indirectement, tel l'homme invisible de Wells, par la rose qu'il cueillait ou le livre qu'il feuilletait, semble devenir à la fin visible par lui-même : « Ce qui me cachait ne paraissait point posséder de contours nettement arrrêtés, mais une sorte de transparence opaque, s'éclaircissant peu à peu » (p. 53). Cet être qui réalisait l'idéal du phénomène fantastique, voir sans jamais être vu, est finalement obligé de se révéler.

Non seulement le Horla se présente comme un être vivant, mais il a même, semble-t-il, la morphologie d'un humain, tout comme la créature d'O'Brien. Dès le début du récit, le narrateur parlait de lui en ces termes, qui ne laissent guère de doute sur son anatomie approximative : « [...] je sens aussi que quelqu'un s'approche de moi, me regarde, me palpe, monte sur mon lit, s'agenouille sur ma poitrine, me prend le cou entre ses mains et serre... serre... de toute sa force pour m'étrangler » (p. 28). La scène de la rose ne fait que confirmer cette première impression : « [...] je vis distinctement, tout près de moi, la tige d'une de ces roses se plier, comme si une main invisible l'eût tordue, puis se casser, comme si cette main l'eût cueillie ! Puis la fleur s'éleva, suivant la courbe qu'aurait décrite un bras en la portant vers une bouche » (p. 42). Désormais, le Horla devient un être qu'il est possible d'appréhender, et auquel le narrateur peut prêter une nature matérielle : « [...] je suis certain, maintenant [...], qu'il existe près de moi un être invisible, qui se nourrit de lait et d'eau, qui peut toucher aux choses, les prendre et les changer de place, doué par conséquent d'une nature matérielle, bien qu'imperceptible par nos sens, et qui habite comme moi, sous mon toit... » (p. 43).

C'est cette nature matérielle du Horla qui l'amène à renverser meubles et objets dans sa fuite, et peut-être à casser les verres la nuit : « Mais mon siège, avant que je l'eusse atteint, se renversa comme si on eût fui devant moi... ma table oscilla, ma lampe tomba et s'éteignit, et ma fenêtre se ferma comme si un malfaiteur surpris se fût élancé dans la nuit, en prenant à pleines mains les battants » (p. 48). Le Horla présente ainsi certaines des limites du vivant organique ; puisqu'il est de nature matérielle, qu'il occupe dans l'espace une certaine place et un certain volume, rien ne s'oppose plus à ce qu'on puisse le cerner : « [...] m'adossant à la porte, je l'entrebâillai, tout juste assez pour passer, moi, à reculons ; et comme je suis très grand ma tête touchait au linteau. J'étais sûr qu'il n'avait pu s'échapper et je l'enfermai, tout seul, tout seul » (p. 54).

Cette découverte de l'aspect humain et donc limité du Horla, sur le plan matériel, va de pair avec la révélation de ses faiblesses sur le plan psychologique ou intellectuel. Comme n'importe quel individu, le Horla, en dépit de sa puissance psychique, a besoin de lire un livre pour en prendre connaissance, selon un rythme bien humain ; et, surtout, il éprouve des sentiments tels que la peur, qui trahissent assez ses limites : « Donc, il s'était sauvé ; il avait eu peur, peur de moi, lui ! » (p. 48). Ce sentiment ne fera que s'accroître jusqu'à la fin : « Tout à coup, je compris qu'il s'agitait autour de moi, qu'il avait peur à son tour, qu'il m'ordonnait de lui ouvrir » (p. 54).

La révélation de la faiblesse relative du phénomène et de son caractère plus ou moins humain constitue l'une des étapes essentielles du récit fantastique classique, en ce qu'elle est la condition indispensable de l'évolution du personnage et de sa réaction, qui lui permettra éventuellement de se dépasser.

Certes, contrairement à ce qui se passe dans l'immense majorité des cas, où la perte de l'un entraîne celle de l'autre, le phénomène l'emporte ici sans conteste sur le personnage. Le cas est rare mais non exceptionnel, comme en témoignent *La Vénus d'Ille* de Mérimée ou *Le double* de Dostoïevski, et cette conclusion ne suffirait pas à remettre en cause le caractère apparemment exemplaire de ce récit.

Le problème est ailleurs. Maupassant, en effet, ne s'est pas contenté de doter le Horla d'une exceptionnelle richesse d'attributs différents, il lui a prêté des *attributs contradictoires*. Le phénomène fantastique se définit normalement par une série de traits qui constituent sa force et ses faiblesses, mais qui présentent de toute façon une certaine cohérence et obéissent à une logique interne. Or, la nature et les attributs du Horla sont composites au point d'être incohérents : qu'est-ce en effet que cet être à la fois fluide et solide, invisible mais que l'on peut voir quand même, ou qui peut boire l'eau d'une carafe ficelée dans un linge sans rien déplacer, mais qui casse des verres et renverse tout sur son passage en s'enfuyant ? Le Horla est tout, et par là même ne correspond à rien.

Inanité du Horla

S'il ne correspond à rien, c'est déjà parce qu'au sens strict du terme, il n'est rien. N'ayant aucune existence sensible, n'étant pas même un pur esprit comme la Spirite de Gautier, le Horla se définit logiquement par tout ce qu'il n'est pas.

Le Horla n'est rien parce qu'il n'existe que dans l'esprit du narrateur ; et si les images que nous avons de lui sont contradictoires, c'est parce que ces images sont présentées successivement, et non pas en bloc, et correspondent chacune à un *moment* de l'évolution du personnage. Le phénomène fantastique est d'habitude présenté comme formant un tout homogène. C'est ainsi que le docteur Van Helsing peut se livrer à un long exposé très complet sur les vampires, leur origine, leur nature et leurs caractéristiques principales. Or, les informations qui nous sont données sur le Horla le sont toujours en pointillé. Le but n'est pas seulement de nous faire oublier ce qui précède afin que nous ne remarquions pas les incohérences flagrantes du récit, il est surtout de marquer à quel point le narrateur ne perçoit jamais le Horla de la même façon, et projette sur cet être ses désirs, ses craintes, ses fantasmes, au gré des événements et de son évolution personnelle.

SON COMPORTEMENT

Le comportement du Horla n'est pas moins hétérogène que sa nature. Plus exactement, il combine les principales caractéristiques de tous les phénomènes fantastiques ou merveilleux qu'ont générés les croyances populaires ou la littérature. Corps et esprit tenant à la fois du fantôme, du vampire, de l'extraterrestre ou du double, il représente une sorte de synthèse ou d'absolu du phénomène. C'est d'ailleurs ainsi que le présente le narrateur, comme celui « à qui les pressentiments des maîtres passagers du monde prêtèrent toutes les formes monstrueuses ou gracieuses des gnomes, des esprits, des génies, des fées, des farfadets » (p. 50). Pour paraphraser Hegel, on pourrait dire que le Horla est à la fois synthèse et dépassement de ces créatures.

Principalement au début, le Horla semble plutôt se comporter comme un vampire : « Cette nuit, j'ai senti quelqu'un accroupi sur moi, et qui, sa bouche sur la mienne, buvait ma vie entre mes lèvres. Oui, il la puisait dans ma gorge, comme aurait fait une sangsue. Puis il s'est levé, repu [...] » (p. 32). L'hypothèse est d'ailleurs confirmée à la fin par l'article de la *Revue du monde scientifique* portant sur : « des sortes de vampires qui se nourrissent de leur vie, pendant leur sommeil » (p. 49).

Que ses victimes ne deviennent pas semblables à lui est encore tout à fait normal à cette époque : le vampirisme ne deviendra contagieux qu'à partir du *Dracula* de Bram Stoker en 1897. Mais surtout, en prêtant au Horla un tel comportement, Maupassant exploite une tradition bien implantée et un vieux fonds légendaire commun que les écrivains romantiques avaient largement contribué à répandre. Ce faisant, il combine un fonds archaïque et légendaire, le vampirisme, avec une actualité « scientifique » contemporaine, l'existence d'extraterrestres invisibles[1] ; combinaison que reprend le parallélisme entre le discours du moine du Mont-Saint-Michel et celui du docteur Parent. Il s'agissait pour Maupassant de faire simultanément appel à tous les ressorts sus-

1. Voir Dossier, p. 154.

ceptibles de toucher le lecteur, en même temps que de surdéterminer une fois de plus le Horla, être à la fois nouveau et issu du fond des âges.

C'est ainsi que le Horla ne correspond à rien de connu, mais que son existence est pressentie depuis l'aube des temps : « On dirait que l'homme, depuis qu'il pense, a pressenti et redouté un être nouveau, plus fort que lui, son successeur en ce monde » (p. 47). Son intervention au XIXe siècle semble d'ailleurs faire écho à certaines épidémies du moyen âge : « Une folie, une épidémie de folie, comparable aux démences contagieuses qui atteignirent les peuples d'Europe au moyen âge, sévit en ce moment dans la province de San-Paulo » (p. 49). Le Horla est un phénomène moderne, en même temps qu'il transcende les âges.

Pour originale qu'elle fût, pareille combinaison n'avait rien d'illogique. Dans l'imaginaire collectif d'alors, les vampires comme les extraterrestres sont vécus comme des envahisseurs dont le but est de s'emparer des êtres humains. L'angoisse de l'anéantissement ou de la prise de possession de l'espèce humaine par une autre plus puissante est l'un des traits marquants de la pensée de la fin du XIXe siècle, et Maupassant en joue ici avec un art consommé.

La même année que « Le Horla », Rosny aîné fait paraître un roman d'anticipation, *Les Xipéhuz*[1], dans lequel il présente l'invasion de communautés humaines par une race d'êtres tout-puissants et ne correspondant à

1. Voir Dossier, p. 152.

rien de connu. En 1893, l'astronome Camille Flammarion fait paraître *La fin du monde*. Avec « Le Horla », Maupassant joue sur plusieurs fantasmes collectifs de l'époque, qui passent aussi bien par l'occultisme ou le magnétisme que par la lutte des espèces pour leur survie ou la hantise de la fin du monde[1].

Dans un tel contexte, on imagine l'écho que pouvaient rencontrer les propos du narrateur : « Ah ! le vautour a mangé la colombe ; le loup a mangé le mouton ; le lion a dévoré le buffle aux cornes aiguës ; l'homme a tué le lion avec la flèche, avec le glaive, avec la poudre ; mais le Horla va faire de l'homme ce que nous avons fait du cheval et du bœuf : sa chose, son serviteur et sa nourriture, par la seule puissance de sa volonté. Malheur à nous ! » (p. 50)[2].

Si les choses s'arrêtaient là, tout resterait relativement simple, et « Le Horla » ne ferait que développer l'une des données fondamentales du récit fantastique, la prise de possession progressive d'un personnage par un phénomène, en jouant sur les résonances qu'un tel discours pouvait déclencher dans l'esprit du lecteur de l'époque. Que le Horla soit un phénomène plus immatériel que de coutume n'a rien non plus qui doive nous étonner. Au moment où Maupassant écrit cette nouvelle, la représentation du phénomène tend à devenir de plus en plus abstraite et intellectuelle.

Le phénomène fantastique, encore très spectaculaire dans la première moitié du siècle, se fait progressivement plus sobre et de nature plus psychologique. En imaginant

1. Pour davantage de précisions sur ces points, voir M.-C. Bancquart, notes à l'édition du *Horla*, Classiques Garnier, p. 563-564.

2. M.-C. Bancquart (*op. cit.*, p. 562) suggère un rapprochement entre ce passage et certains passages de la Bible (Isaïe 14. 21-22 et Jérémie 12. 8-9).

un être tel que le Horla, Maupassant pousse cette tendance à un point limite, puisque le Horla n'est objectivement rien. En même temps, il le remplit de tous les éléments, archaïques ou récents, qui alimentent l'imaginaire collectif de ses lecteurs.

D'un Horla l'autre

Il apparaît ainsi que la première version du « Horla » correspond à un schéma à la fois plus traditionnel et plus prévisible. Dans l'ensemble, il est en effet assez aisé de reconstituer la logique qui préside aux actes du Horla dans la première version, logique qui est à peu près celle de tous les phénomènes que l'on peut rencontrer dans la littérature fantastique. De façon générale, le phénomène tend à s'emparer progressivement du personnage, soit sur le plan physique, comme la Vénus d'Ille, soit sur le plan psychologique, comme Spirite dans le récit éponyme de Gautier, soit encore sur les deux plans à la fois, comme Hyde ou le double de Goliadkine chez Dostoïevski. Cette prise de possession ne se limite parfois pas à un seul individu, mais peut concerner un groupe tout entier, comme dans le cas du *Dracula* de Bram Stoker.

La première version du « Horla » correspond sensiblement à ces différents schémas. On y retrouve tout d'abord l'idée de la progression régulière. Comme dans presque tous les récits fantastiques classiques, le phénomène s'insinue progressivement dans le corps et l'esprit du personnage ; après une brève interruption destinée à préparer le rebondissement qui va suivre et que Maupassant rend explicable par la prise de possession du voisin, le Horla redouble ses manifestations, tandis que le narrateur l'intériorise de plus en plus jusqu'à sa fuite finale dans la clinique du docteur Marrande où il semble effectivement hors d'atteinte.

Contrairement à ce qui se passe dans beaucoup de récits fantastiques de Maupassant, la stabilité du réel n'est ici en aucune façon remise en cause. Nous assistons à une intrusion dans un univers normal d'un phénomène anormal, mais sans que ce dernier remette fondamentalement en cause la stabilité ou l'homogénéité de ce réel. Il constitue seulement pour lui une menace, et le personnage du docteur Marrande est là pour en confirmer la réalité.

Les choses se présentent très différemment dans la seconde version. D'abord Maupassant introduit trois sorties plus ou moins longues du narrateur, qui correspondent chacune à un moment de répit : la première, au cours de laquelle le narrateur visite le Mont-Saint-Michel, s'étend sur près d'un mois ; la seconde, à Paris, ne dure que dix-huit jours ; la troisième, à Rouen, se déroule en quelques heures. À tout cela vient s'ajouter une interruption inattendue de quatre jours, du 8 au 12 août. L'effet rythmique ainsi provoqué est d'autant plus important qu'à chaque reprise le narrateur semble disposer d'une latitude sans cesse amoindrie dans l'espace et dans le temps, ce qui à la fois accentue le caractère tragique de sa situation et semble correspondre aux schémas traditionnels du récit fantastique.

Mais surtout, ces moments d'accalmie, dans lesquels on a cru parfois déceler une maladresse de la part de Maupassant, servent à souligner le caractère inexplicable des manifestations du Horla.

Incohérence du Horla

Pourquoi, en effet, le Horla qui a laissé le narrateur voyager tranquillement au Mont-Saint-Michel ou à Paris s'opposerait-il brutalement à ce qu'il se déplace à Rouen, alors même qu'il ne s'est pas manifesté durant plusieurs jours : « Tout le jour j'ai voulu m'en aller ; je n'ai pas pu. J'ai voulu accomplir cet acte de liberté si facile, si simple — sortir —, monter dans ma voiture pour gagner Rouen — je n'ai pas pu » (p. 45). Admettons que ce soit le signe de son emprise croissante, mais alors comment se fait-il que quatre jours plus tard il le laisse partir : « J'ai pu m'échapper aujourd'hui pendant deux heures, comme un prisonnier qui trouve ouverte, par hasard, la porte de son cachot. J'ai senti que j'étais libre tout à coup et qu'il était loin. J'ai ordonné d'atteler bien vite et j'ai gagné Rouen. Oh ! quelle joie de pouvoir dire à un homme qui obéit : " Allez à Rouen ! " » (p. 46). Ce singulier relâchement d'attention semble d'ailleurs de courte durée : « Puis, au moment de remonter dans mon coupé, j'ai voulu dire : " À la gare ! " et j'ai crié [...] : " À la maison ", et je suis tombé, affolé d'angoisse, sur le coussin de ma voiture. Il m'avait retrouvé et repris » (p. 47). Est-ce à dire que ce Horla, qui semblait incapable de se déplacer jusqu'à Paris ou ailleurs, et qui en était alors réduit à s'emparer du cocher à défaut de pouvoir posséder le narrateur durant cette période, se révèle parfaitement apte à le saisir à nouveau dans Rouen ? De façon systématique, les ajouts ou les modifications que Maupassant a apportés à son récit de l'une à l'autre version vont tous dans le même sens : accentuer l'incohérence du comportement du Horla, et supprimer toute logique apparente et toute possibilité d'interprétation rationnelle.

Que, d'une version à l'autre, Maupassant ait rendu son Horla plus abstrait, c'est une chose assurée, mais surtout, il lui a enlevé toute logique apparente.

Dans la première version, en effet, le Horla, en envahisseur digne de ce nom, ne se contente pas de s'en prendre au narrateur ; il s'empare simultanément de lui, de son cocher, et de l'un de ses voisins, M. Legite. Vers la fin du récit, trois voisins sont encore atteints, ainsi qu'a pu le vérifier le docteur Marrande. Dans la deuxième version, au contraire, le Horla semble ne pouvoir posséder qu'une seule personne à la fois : point de voisin contaminé, et durant le premier voyage du narrateur, le Horla, faute de pouvoir suivre celui-ci, s'en prend à son cocher qu'il abandonne dès le retour de sa victime de prédilection. Si en effet le Horla a pour but de conquérir la terre tout entière et de supplanter l'espèce humaine, l'opération menace maintenant d'être longue, d'autant plus que, si ses congénères semblent nombreux au Brésil, il paraît encore très seul en Europe.

Étrange envahisseur. Étrange vampire aussi qui, d'une version à l'autre, cesse de laisser des traces physiques de son intervention. Le narrateur de la première version prenait soin de préciser : « Je maigrissais d'une façon inquiétante, continue ; et je m'aperçus soudain que mon cocher, qui était fort gros, commençait à maigrir comme moi » (p. 193). Cet amaigrissement, qui est l'un des symptômes récurrents de toutes les victimes d'un vampire depuis qu'existe ce genre d'histoires[1], disparaît de la seconde version, comme si le Horla, décidément insaisissable, allait jusqu'à ne laisser aucune trace matérielle de son passage. Il en laisse d'ailleurs si peu que l'entourage du narrateur, quoique restreint puisqu'il se réduit à ses domestiques et, à Paris, à sa cousine, Mme Sablé, semble ne rien remarquer d'anormal, tandis que le narrateur de la première version frappait au contraire dès son entrée par son apparence extérieure préoccupante : « Il était fort maigre, d'une maigreur de cadavre, comme sont maigres certains fous que ronge une pensée, car la pensée malade dévore la chair du corps plus que la fièvre ou la phtisie » (p. 192).

Mais c'est surtout dans ses manifestations que le Horla se montre le plus imprévisible. Déjà, on l'a vu, le Horla n'intervient que très irrégulièrement, et de façon soudaine et inattendue. Ensuite, les violences physiques auxquelles il semble se livrer au début ne sont guère cohérentes : durant les premiers jours,

1. Voir par exemple *La morte amoureuse* de Gautier.

résumés le 25 mai, le Horla serre le cou du narrateur afin de l'étrangler (p. 28). Qu'un phénomène fantastique tente d'anéantir sa victime, cela est courant ; mais le 4 juillet, après le retour du narrateur, le Horla semble avoir renoncé à ses pulsions meurtrières (« sa bouche sur la mienne, [il] buvait ma vie entre mes lèvres », p. 32) et se nourrit d'eau et de lait. Ces violences physiques disparaissent elles-mêmes à partir du 7 août de façon tout aussi inexplicable : « J'ai dormi tranquille. Il a bu l'eau de ma carafe, mais n'a point troublé mon sommeil » (p. 43).

De même, après avoir cueilli, on ne sait pourquoi, une rose sous les yeux du narrateur le 6 août, le Horla cesse de se manifester concrètement jusqu'au 17, date à laquelle il se plonge à son tour dans la lecture de l'ouvrage du docteur Hermann Herestauss.

Selon une interprétation discutée notamment par Louis Forestier[1], M.-C. Bancquart fait sur ce nom les remarques suivantes : « Nom fantaisiste, qui semble avoir été forgé sur les mots allemands " Her (r) " : monsieur, le maître, et " aus ", hors de. Herestauss, c'est le " Horla ", celui qui " est d'ailleurs "[2]. » Sans entrer dans cette polémique ni prétendre apporter quoi que ce soit de sûr à ce sujet, nous suggérons que ce nom est peut-être une allusion au physicien Hermann von Helmholz (1821-1894), connu pour ses travaux sur l'énergie et sur la lumière. Cette hypothèse, quoique fragile, peut s'appuyer sur le fait que le manuscrit du « Horla » révèle que Maupassant n'a rajouté le prénom de Hermann qu'après coup, en marge.

1. Voir *op. cit.*, p. 1621. *Cf. supra*, p. 61.

2. *Op. cit.*, p. 562. *Cf. supra*, p. 62.

Si le but du Horla est de détruire le narrateur et de s'emparer de l'espèce humaine, pourquoi perd-il son temps à des jeux aussi puérils que de le suivre sans s'en faire voir (p. 29) ou de cueillir ses roses ? Pourquoi aussi oblige-t-il le narrateur à cueillir des fraises et les manger ? Toutes ces incohérences étaient absentes de la première version, où Maupassant ne prête au Horla aucun acte gratuit ou incompréhensible, se conformant là à une logique beaucoup plus traditionnelle.

Du fait qu'il poursuit toujours un but précis, le phénomène fantastique, en effet, se définit entre autres par la répétition des mêmes actes. Le vampire a régulièrement besoin de sang, de même qu'un fantôme poursuit son œuvre de vengeance jusqu'à ce qu'elle soit accomplie. Rien de tel à propos du Horla, qui n'obéit à aucune rationalité. Les rapports de causalité et de finalité, qui jouent un rôle si fondamental dans la littérature fantastique, sont ici inexistants.

Là encore, le but est double : il s'agit pour Maupassant de déstabiliser le lecteur en même temps que de faire du Horla un phénomène fantastique qui ne correspond à rien, et qui n'est rien. En imaginant un tel être, Maupassant subvertit la logique du récit fantastique et invalide par avance toutes les tentatives de classification thématique auxquelles se livreront plus tard des théoriciens comme Roger Caillois.

« Les lois fondamentales qui régissent la matière et la vie n'entraînent pas non plus un nombre illimité d'impossibilités évidentes et absolues. Or, ce sont ces impossibilités flagrantes qui appellent une intervention fantastique et qui déterminent par conséquent les thèmes du genre. Les variantes sont infinies dans chaque catégorie, mais les catégories elles-mêmes demeurent relativement peu nombreuses. Je donnerai quelques exemples de celles-ci : [...] — la “ chose ” indéfinissable et invisible, mais qui pèse, qui est présente, qui tue ou qui nuit (Fitz-James O'Brien et Ambrose Bierce, entre autres, en ont tiré des récits saisissants. La réussite inégalée de cette catégorie reste *Le Horla* de Maupassant)[1]. »

1. « De la féerie à la science-fiction », in *Anthologie du fantastique*, Gallimard, 1966, p. 19-20.

Par sa nature comme par son comportement, le Horla est donc tout et rien à la fois ; sa transparence et son attirance pour le blanc sont à l'image de son être. N'étant rien, comment pourrait-il être autre que transparent ; étant tout, comment ne pourrait-il pas être attiré par le blanc, synthèse de toutes les couleurs, en même temps que vide absolu ?

« LE HORLA », DESCRIPTION D'UN CAS PATHOLOGIQUE ?

Une hypothèse séduisante...

Si le Horla n'est rien, il faut donc qu'il n'existe que dans l'imagination du narrateur, et que celui-ci soit fou. Cette hypothèse, la plus rassurante et la plus généralement admise, est beaucoup plus vraisemblable dans la seconde version que dans la première.

Dans la version initiale, en effet, Maupassant balaie à peu près toutes les objections que l'on pourrait avancer en faveur de l'hypothèse de la folie : le docteur Marrande, « le plus illustre et le plus éminent des aliénistes », n'hésite pas à mettre sa réputation en jeu devant trois de ses confrères et quatre savants (p. 194), et se porte garant de l'exactitude des déclarations du narrateur. Lui-même n'est arrivé à cette opinion qu'« après avoir longtemps douté » (p. 197) et s'être livré personnellement à certaines expériences et vérifications sur d'autres victimes. Et la domesticité du narrateur, fidèle et ancienne, vient étayer le bien-fondé de ce point de vue.

D'autre part, tandis que la folie reste un phénomène individuel, il apparaît que le Horla s'est attaqué, dans l'entourage géographique du narrateur, à plusieurs individus simultanément qui présentent les mêmes symptômes que lui ; en outre, contrairement à ses voisins restés sur place, le narrateur a vu ses symptômes disparaître depuis qu'il est à l'abri dans la maison de santé. Compte tenu qu'il ne s'y trouve que depuis un mois ou deux — puisque ses malaises ont commencé à l'automne précédent et qu'il n'a pu se réfugier chez le docteur Marrande avant le mois d'août —, sa guérison foudroyante relèverait du miracle. Contrairement au narrateur de « Lui ? » ou celui de « Qui sait ? » qui restent sous l'emprise du délire, celui de ce premier « Horla » semble parfaitement sain d'esprit.

Il s'exprime par ailleurs dans une langue d'une parfaite clarté, qui contraste avec celle du narrateur de la seconde version ; son discours est construit selon une organisation rigoureuse où abondent les liens logiques, le souci des nuances et où transparaît la conscience du scepticisme de ses interlocuteurs. L'utilisation du récit rétrospectif donne en outre à l'exposé une cohérence après coup que n'aurait pas permise la forme du journal.

À l'inverse, la folie du narrateur dans la seconde version ne fait *a priori* aucun doute. Les troubles dont souffre le narrateur ne sont plus à démontrer : paranoïa, hallucinations, etc. Nul n'ignore que Maupassant assistait assidûment aux séances publiques du docteur Charcot et qu'il y a sans doute puisé une bonne part de la documentation nécessaire à l'élaboration du « Horla ». On sait aussi que les écrivains naturalistes ont accordé une large part de leur œuvre à l'analyse de cas cliniques ; Maupassant s'inscrit d'autant plus logiquement à l'intérieur de cette tendance qu'elle correspondait à une demande générale du public.

Plus encore, Maupassant aurait exprimé là les troubles dont il souffrait lui-même. C'est à croire qu'entre la première et la seconde version, c'est-à-dire en quelques mois, ses troubles se seraient considérablement aggravés. Sans aller jusqu'à ces conclusions extrêmes, on considère néanmoins que « Le Horla » serait la représentation d'un cas pathologique.

Le narrateur envisage d'ailleurs à plusieurs reprises cette éventualité, faisant ainsi montre d'une relative lucidité : « Je me demande si je suis fou. En me promenant tantôt au grand soleil, le long de la rivière, des doutes me sont venus sur ma raison, non point des doutes vagues comme j'en avais jusqu'ici, mais des doutes précis, absolus » (p. 43). Peu de temps après, il renonce à cette hypothèse, mais cela va de pair avec l'aggravation de son délire : la syntaxe se fait hachée et les idées se déroulent sans suite. Au style sobre et pondéré du narrateur de la première version et au rythme régulier de ses phrases succèdent la prédominance des parataxes et une langue fertile en phrases courtes, interrogatives ou exclamatives, ainsi que de nombreux points de suspension, presque absents de la première version.

D'autre part, Maupassant a substitué au récit rétrospectif la forme du journal et ce changement n'est pas seulement d'ordre esthétique. On sait en effet que la rédaction d'un journal ou d'un récit autobiographique est au XIXe siècle l'une des thérapies les plus fréquemment recommandées pour aider le malade à s'exprimer. Nerval n'a-t-il pas rédigé *Aurélia* sur les conseils du docteur Blanche, celui-là même qui soignera Maupassant quelque trente-cinq ans plus tard ? Les résonances qu'évoque cette forme pour le lecteur d'alors sont loin d'être neutres : *Le journal d'un fou* de Gogol ou les *Mémoires écrits dans un souterrain* de Dostoïevski sont là pour en témoigner. Encore de nos jours, l'un des plus célèbres récits de Matheson a été traduit en français sous le titre de *Journal d'un monstre* et l'une des très rares adaptations cinématographiques du *Horla* avait pour titre original *Diary of a Madman*[1].

1. Reginald Le Borg, 1962.

Comment expliquer autrement que par la folie l'incohérence des raisonnements du narrateur ? Celui-ci croit sentir une présence derrière lui, il se retourne et ne voit rien. Au lieu d'être rassuré comme le serait n'importe quel être sensé, il ne voit dans cette absence qu'un motif d'inquiétude supplémentaire : « Je ne vis derrière moi que la droite et large allée vide, haute, redoutablement vide ; et de l'autre côté elle s'étendait aussi à perte de vue, toute pareille, effrayante » (p. 29). Plus tard, la lecture d'un savant ouvrage sur les êtres invisibles l'amène à des déductions aussi paradoxales. Après avoir constaté : « aucun d'eux ne ressemble à celui qui me hante », loin d'en conclure à l'inexistence du Horla, il ajoute au contraire : « On dirait que l'homme, depuis qu'il pense, a pressenti et redouté un être nouveau, plus fort que lui, son successeur en ce monde » (p. 47). La logique du narrateur est une logique délirante.

Le narrateur est donc fou, et Maupassant aurait fait ici la description d'un cas clinique. La conclusion s'impose donc comme une évidence que l'on ne songe même pas à discuter. Elle est tout juste un peu hâtive.

... mais insoutenable

Puisqu'une telle lecture nous y invite par définition, plaçons-nous donc dans une perspective réaliste. Et c'est alors que les problèmes commencent.

Passons sur le fait que le narrateur témoigne par moments d'une certaine lucidité et que sa folie n'est qu'intermittente. Passons encore sur son matérialisme affiché, qui ne prouve pas grand-chose, d'abord parce qu'il est assez confus, associant pêle-mêle Descartes, Pascal, les philosophes du XVIIIe siècle et les physiologistes contemporains, ensuite parce qu'il est l'une des lois du genre : le personnage confronté au phénomène fantastique doit être à première vue le moins prédisposé à pareille expérience.

Mais d'abord, comment expliquer la soudaineté de ces manifestations de démence ? Le 8 mai, le narrateur semble jouir de toute sa raison, il souligne son attachement très physique à son milieu ambiant et ne se pose pas la moindre question d'ordre métaphysique ou autre, bien au contraire. Or, tout de suite après, il manifeste des troubles évidents et témoigne d'une cyclothymie bien inattendue. En toute logique, deux hypothèses s'imposent : soit le narrateur est régulièrement sujet à ces troubles, et dans ce cas, on s'étonne que son entourage — constitué par sa nombreuse domesticité et, à l'occasion, par les gens qu'il côtoie lors de ses voyages — n'ait, semble-t-il, jamais rien remarqué et que la maladie ne se soit pas davantage manifestée ; soit il est brutalement frappé de folie, et dans ce cas, qu'est-ce donc qui a pu provoquer un tel bouleversement mental ? Le narrateur du *Journal d'un fou* devient fou à la suite d'un amour contrarié, celui de « La chevelure[1] » parce qu'un événement fortuit a laissé aux fantasmes du narrateur l'occasion de se concrétiser, le héros de « L'auberge » pour toutes sortes de raisons qui se combinent : disparition de son compagnon, solitude, alcool. Celui du « Horla » deviendrait fou pour rien.

La rapidité d'évolution de cette supposée maladie n'est pas moins problématique que son apparition soudaine. L'action s'étendait

1. In *Toine*, 1884.

sur plusieurs mois dans la première version, alors même que Maupassant laissait entendre que le narrateur était sain d'esprit ; elle se réduit désormais à quatre mois qui suffisent à faire passer un homme parfaitement sensé à un état de délire paranoïaque qui aboutit à une folie meurtrière et s'achève probablement sur un suicide. Pour cet auteur qualifié de réaliste, spectateur assidu des leçons de Charcot, voici une bien étrange entorse aux règles les plus élémentaires de la vraisemblance, ou la représentation d'une psychose foudroyante qui constituerait un cas unique dans les annales de la psychiatrie.

Par ailleurs, les critiques nous répètent à l'envi que le narrateur présente tous les symptômes de la maladie mentale. Certes, et justement, c'est là que le bât blesse ; il les présente tous. Ce malheureux souffrirait en bien peu de temps de troubles hallucinatoires visuels et auditifs, d'aboulie, d'une paranoïa assez grave pour l'amener à se croire possédé par un vampire extraterrestre qui viendrait conquérir le monde et d'une schizophrénie telle qu'elle va jusqu'au dédoublement de la personnalité, pour ne pas parler des détails anodins tels que les signes d'anorexie ou d'hypocondrie. Et tous ces symptômes, dont chacun pris séparément est déjà d'une exceptionnelle gravité, se manifestent en quatre mois chez le même individu, sans que son entourage en perçoive le moindre signe extérieur, à tel point que ses domestiques restent à son service sans se poser de questions, tandis que, dans la première version, le cocher se voyait contraint de partir, « fort malade », malgré sa fidélité.

On dira alors que Maupassant a seulement voulu signifier la folie, et non se livrer à l'analyse scientifique d'un cas clinique. Soit ; la chose est commune dans le récit fantastique, et nul n'a jamais songé à chercher dans les histoires de fantôme de Henry James la reconstitution d'un tel cas. Il n'en reste pas moins que les choses continuent de n'être pas si simples. L'absence apparente de changement dans l'aspect extérieur ou le comportement du narrateur, tout comme l'absence de réaction de l'entourage sont loin d'être des détails sans importance, même dans une telle perspective.

La mention de ces changements est en effet une donnée essentielle du récit fantastique. Que le phénomène soit présenté comme une réalité extérieure objective ou qu'on le soupçonne de n'être que le produit de l'imagination du narrateur, il produit de toute façon des effets matériels incontestables sur le personnage : les victimes de Dracula maigrissent et Goliadkine est interné du fait de son comportement délirant. Or, en dehors de son journal intime, le narrateur n'exprime ou n'extériorise rien. Nous restons en circuit fermé.

Un récit fantastique présente généralement un personnage plus ou moins extérieur à l'action qui occupe souvent la fonction de narrateur ; à défaut, le héros victime du phénomène est de toute façon entouré d'un ou de plusieurs personnages qui peuvent témoigner à leur tour de ce qui s'est passé. Ces personnages, quel que soit leur statut, ont tous pour fonction de garantir au lecteur la réalité ou l'authenticité des faits rapportés, et de donner au héros une certaine épaisseur, même s'ils le jugent fou.

La logique du récit fantastique impose en effet la présence de ces personnages, qui peuvent finalement se porter garants de l'harmonie du réel ou la rétablir, faisant en sorte que l'expérience fantastique ne constitue qu'une parenthèse qui n'aura remis qu'un instant en question l'ordre du monde. Le médecin qui laisse s'exprimer le narrateur de « La chevelure » conclut à la folie de celui-ci. À l'inverse, le docteur Marrande admet la probabilité de l'existence d'un être tel que le Horla, mais cela ne fait jamais que remplacer un ordre par un autre. À la limite, l'apparition d'un tel être semble appartenir à l'ordre des choses possibles.

Rien de tout cela dans la deuxième version du « Horla ». Aucun personnage annexe n'est plus là pour dire quoi que ce soit du narrateur, seul, coupé de tout, face seulement à son journal et au phénomène.

Même le titre ne vient pas jouer son rôle habituel de caution. Du *Journal d'un fou* de Gogol à la « Lettre d'un fou » de Maupassant, l'auteur s'efface certes derrière le discours du personnage, seul à s'exprimer, mais par le titre il indique d'emblée au lecteur qu'il a affaire aux propos d'un dément. Ici, au contraire, le titre ne dit rien, il suscite seulement l'interrogation. Le lecteur est laissé seul face à un texte brut, sans personnage intermédiaire qui viendrait lui révéler ce qu'il doit en penser ou comment il convient de l'interpréter. Sa solitude vient faire écho à celle du narrateur face au Horla. Comme le narrateur encore, il se trouve brutalement confronté à une succession d'éléments immédiats, non triés, et ne dispose d'aucun recul par rapport à eux. Du même coup, les moments de répit éprouvés par le narrateur sont les mêmes que ceux éprouvés par le lecteur. En ce sens, le journal joue par rapport au lecteur le même rôle que le Horla par rapport au narrateur.

Puisqu'une lecture de type réaliste se révèle impossible, force est d'envisager « Le Horla » pour ce qu'il est, à savoir un récit littéraire dont les enjeux sont avant tout d'ordre formel.

3. LE NARRATEUR

UN HOMME SANS QUALITÉS

Dans la littérature fantastique, le personnage aux prises avec le phénomène obéit à un schéma très précis et quasiment invariant : il vit généralement seul, car l'expérience fantastique est avant tout individuelle ; corollaire obligé de cette première détermination, il n'a le plus souvent pas d'activité professionnelle précise ; il est doté par ailleurs d'une certaine culture car il importe qu'il soit digne de foi.

Dès la première version du « Horla », le narrateur s'inscrit dans ce schéma : « J'ai quarante-deux ans. Je ne suis pas marié, ma fortune est suffisante pour vivre avec un certain luxe. Donc j'habitais une propriété sur les bords de la Seine, à Biessard, auprès de Rouen. J'aime la chasse et la pêche. [...] Mon personnel se compose, ou plutôt se composait d'un cocher, un jardinier, un valet de chambre, une cuisinière et une lingère qui était en même temps une espèce de femme de charge. Tout ce monde habitait chez moi depuis dix à seize ans, me connaissait, connaissait ma demeure, le pays, tout l'entourage de ma vie » (p. 192-193). Ces autres personnages, tout comme les docteurs qui l'écoutent, peuvent ainsi témoigner de l'ancrage du narrateur dans la réalité. À ce stade, celui-ci présente toutes les caractéristiques de base du personnage fantastique type, y compris la relative vacuité indispensable à l'intrusion du phénomène fantastique.

Or, Maupassant opère d'une version à l'autre des transformations significatives, supprimant déjà tout ce qui pourrait le caractériser avec trop de précision. Ce n'est qu'au fur et à mesure que nous comprendrons, et presque incidemment, que le narrateur vit seul, qu'il a des domestiques et qu'il vit de ses rentes ; nous ne savons plus rien de son âge ; et, de plus, Maupassant lui enlève ce goût pour la chasse et la pêche sur lequel il insistait auparavant : « J'allais m'en aller pour deux ou trois mois, bien que nous fussions en pleine saison de chasse » (p. 194). Maintenant le narrateur semble n'avoir plus de goût particulier sinon celui de ne rien faire du tout : « *8 mai.* — Quelle journée admirable ! J'ai passé toute la matinée étendu sur l'herbe » (p. 25). « *2 août.* — Il fait un temps superbe. Je passe mes journées à regarder couler la Seine. » (p. 42). Bien que tout aussi seuls, le narrateur de « Lui ? » aimait sortir, et celui de « Qui sait ? » sera passionné de musique et d'antiquités. Celui du « Horla » n'éprouve aucune curiosité pour quoi que ce soit.

Dans la première version, il s'apprête à partir en voyage bien que ce soit l'époque de la chasse. Dans la seconde, ce n'est que pour échapper à l'emprise du Horla qu'il décide de partir, et l'on est surpris d'apprendre que cet habitant de la région rouennaise, malgré son aisance et sa relative culture, n'a jamais vu le Mont-Saint-Michel.

Enveloppe vide, sans personnalité définie, le narrateur se présente comme un élément anonyme et indifférent d'un ensemble plus vaste. Dès le début de la nouvelle, après avoir déjà souligné tout ce qui le rattache à son milieu ambiant, il s'efface complètement en tant qu'individu pour s'inscrire à l'intérieur de l'espèce humaine tout entière, par l'intermédiaire du *nous* : « D'où viennent ces influences mystérieuses qui changent en découragement notre bonheur et notre confiance en détresse » (p. 26).

De la même façon, il utilise à plusieurs reprises pour se désigner lui-même l'expression fort générale : « un homme » (« ces profondes et délicates racines, qui attachent un homme à la terre où sont nés et morts ses aïeux », p. 25 ; « Figurez-vous un homme qui dort... » ; « Qui comprendra l'émotion d'un homme, sain d'esprit, bien éveillé, plein de raison... », p. 33).

Le narrateur s'envisage tellement peu comme un individu unique et spécifique qu'il ne conçoit pas qu'il puisse être la victime particulière d'une manifestation individuelle : « Donc les Invisibles existent ! Alors, comment depuis l'origine du monde ne se sont-ils pas encore manifestés d'une façon précise comme ils le font pour moi ? » (p. 46).

C'est ainsi qu'il établit sans cesse des rapprochements plus ou moins pertinents entre lui et les autres. Après avoir constaté à propos du moine : « Ce qu'il disait là, je l'avais pensé souvent » (p. 32), il constate que son « cocher souffre du même mal que [lui] » (p. 32) et déclare : « Certes, voilà comment était possédée et dominée ma pauvre cousine, quand elle est venue m'emprunter cinq mille francs. Elle subissait un vouloir étranger entré en elle, comme une autre âme, comme une autre âme parasite et dominatrice » (p. 46). Le narrateur du Horla est singulièrement dépourvu d'identité.

L'ABSORPTION PHYSIQUE

Maupassant va même jusqu'à prêter ainsi au narrateur une existence quasi végétative, au point de l'assimiler au platane qui abrite sa maison : « J'aime ce pays, et j'aime y vivre parce que j'y ai mes racines, ces profondes et délicates racines, qui attachent un homme à la terre où sont nés et morts ses aïeux » (p. 25). Certes, il s'agit ici de souligner l'attachement du narrateur à son milieu ambiant afin de mieux marquer l'importance ou la gravité des voyages qui vont suivre et plus encore de l'incendie final de la maison, mais il ne s'agit pas que de cela.

Le narrateur vit en effet l'ensemble du monde extérieur de façon très physique : « On dirait que l'air, l'air invisible est plein d'inconnaissables Puissances, dont nous subissons les voisinages mystérieux. [...] Est-ce un frisson de froid qui, frôlant ma peau, a ébranlé mes nerfs et assombri mon âme ? Est-ce la forme des nuages, ou la couleur du jour, la couleur des choses, si variable, qui, passant par mes yeux, a troublé ma pensée ? » (p. 26) ; et plus loin il déclare : « Nous subissons effroyablement l'influence de ce qui nous entoure » (p. 41).

Cette idée traverse toute la pensée de cette époque. Voici par exemple ce qu'écrivait Jules Laforgue à propos de la technique des impressionnistes : « Un exemple entre des milliards. Je vois tel violet, j'abaisse mes yeux vers ma palette pour l'y combiner, mon œil est involontairement tiré par la blancheur de ma manchette ; mon œil a changé, mon violet en souffre, etc., etc.

« De sorte qu'en définitive, même en ne restant que quinze minutes devant un paysage, l'œuvre ne sera jamais l'équivalent de la réalité fugitive, mais le compte rendu d'une certaine sensibilité optique sans identique à un moment qui ne se reproduira plus identique chez cet individu, sous l'excitation d'un paysage à un moment de sa vie lumineuse qui n'aura plus l'état identique de ce moment[1]. »

---

1. « L'impressionnisme », in *Mélanges posthumes.*

Cette influence est d'abord matérielle. S'inspirant plus ou moins du matérialisme mécaniste du XVIIIe siècle, celui de La Mettrie par exemple, le narrateur s'envisage avant tout comme une machine ou un organisme physique obéissant à des lois mécaniques : « Quand on est atteint par certaines maladies, tous les ressorts de l'être physique semblent brisés, toutes les énergies anéanties, tous les muscles relâchés, les os devenus mous comme la chair et la chair liquide comme de l'eau » (p. 45). Il ne voit dans ses différents organes que des instruments, par ailleurs grossiers qui lui permettent d'appréhender telle ou telle réalité extérieure, mais sujets à toutes les impressions, y compris les plus trompeuses : « Tout ce qui nous entoure, tout ce que nous voyons sans le regarder, tout ce que nous frôlons sans le connaître, tout ce que nous touchons sans le palper, tout ce que nous rencontrons sans le distinguer, a sur nous, sur nos organes et, par eux, sur nos idées, sur notre cœur lui-même, des effets rapides, surprenants et inexplicables » (p. 26).

La Mettrie (1709-1751) est l'auteur en particulier de *L'homme-machine.* Empruntant à Descartes sa thèse des animaux-machines, il l'applique à l'homme, qui ne serait pas par nature fondamentalement différent de l'animal ; quant à ce que nous appelons *esprit* ce n'est qu'un avatar de la matière (« La pensée est si peu incompatible avec la matière qu'elle en semble être une propriété »). Ainsi, les affections de l'esprit dépendent-elles du contexte matériel, et les troubles mentaux sont-ils la conséquence de troubles organiques. La Mettrie écrit par exemple ces mots que le narrateur du « Horla » ne désavouerait pas : « Un rien, une petite fibre, quelque chose que la plus subtile anatomie ne peut découvrir, eût fait deux sots d'Érasme et de Fontenelle. »

À en croire le narrateur, très attentif aux moindres impressions de son corps, l'organisme humain serait sensible à toutes les influences extérieures ou intérieures : « Est-ce étrange qu'un simple malaise, un trouble de la circulation peut-être, l'irritation d'un filet nerveux, un peu de congestion, une toute petite perturbation dans le fonctionnement si imparfait et si délicat de notre machine vivante puisse faire un mélancolique du plus joyeux des hommes et un poltron du plus brave ? » (p. 28) ; et plus loin : « Décidément, tout dépend des lieux et des milieux » (p. 41).

Pour être ressenties fortement, ces impressions ne sont néanmoins pas durables, et le narrateur ne cesse de passer, en quelques instants ou en quelques heures, d'un état à un autre complètement opposé : « Je m'éveille plein de gaieté, avec des envies de chanter dans la gorge. — Pourquoi ? — Je descends le long de l'eau ; et soudain, après une courte promenade, je rentre désolé » (p. 26) ; et inversement : « En tout cas, mon affolement touchait à la démence, et vingt-quatre heures de Paris ont suffi pour me remettre d'aplomb » (p. 35).

Cette hypersensibilité physique peut s'envisager de plusieurs façons complémentaires : d'une part, elle se rattache au sentiment qu'a le narrateur d'être en fusion avec l'univers matériel ; d'autre part, elle contribue à l'assimiler à un animal et à lui ôter encore de son caractère proprement humain ; enfin, cette hypersensibilité qu'il partage avec nombre de personnages fantastiques, tels que Roderick Usher, peut être aussi l'indice de facultés exceptionnellement aiguisées qui lui permettent de percevoir ce qui reste imperceptible au commun des mortels. Ces trois données convergentes font du narrateur un être à la fois humain et non humain, chez qui les impressions physiques ou sensorielles du moment s'impriment comme sur une surface vierge et molle.

Se vivant lui-même en fusion avec les éléments, le narrateur ne peut que déplorer leur nombre restreint comme il déplorait l'insuffisance de ses sens : « Pourquoi pas d'autres éléments que le feu, l'air, la terre et l'eau ? — Ils sont quatre, rien que quatre, ces pères nourriciers des êtres ! Quelle pitié ! Pourquoi ne sont-ils pas quarante, quatre cents, quatre mille ! » (p. 52). Du même coup, l'insuffisance des éléments correspond à la sienne propre : « Nous sommes quelques-uns, si peu sur ce monde, depuis l'huître jusqu'à l'homme » (p. 51). De sorte que le narrateur ne se contente pas de subir passivement l'influence du monde extérieur ; bien au contraire, il l'absorbe littéralement au point de le faire sien.

C'est ainsi qu'il souligne — détail absent de la première version — que la Seine coule « presque chez [lui] », qu'il parle du « chant d'airain que la brise [lui] apporte », et que ses racines « l'attachent à ce qu'on pense et à ce qu'on mange, aux usages comme aux nourritures, aux locutions locales, aux intonations des paysans, aux odeurs du sol, des villages et de l'air lui-même » (p. 25).

Le narrateur ne cesse de s'approprier les éléments extérieurs, en particulier l'air qui semble lui redonner vie : « Je crus d'abord que l'air frais, léger et doux, plein d'odeur d'herbes et de feuilles, me versait aux veines un sang nouveau, au cœur une énergie nouvelle » (p. 29). Cette attirance pour l'air, qui pousse le narrateur à « [s']asseoir ensuite auprès de [sa] fenêtre ouverte pour rafraîchir [son] front et [sa] pensée au vent calme de l'obscurité » (p. 47), semble correspondre à un véritable besoin vital. Plus généralement, il est clair que le narrateur ne se sent jamais aussi bien que lorsqu'il se trouve dehors, en osmose avec la totalité des éléments, qui met en jeu tous ses sens : « Le soleil couvrait de clarté la rivière, faisait la terre délicieuse, emplissait mon regard d'amour pour la vie, pour les hirondelles, dont l'agilité est une joie de mes yeux, pour les herbes de la rive, dont le frémissement est un bonheur de mes oreilles » (p. 44).

Dans cette symbiose avec les éléments, on voit que le feu n'est pas davantage oublié si l'on en croit le goût du narrateur pour le soleil : « Je me promenais à deux heures, en plein soleil » (p. 42) ; et : « En me promenant tantôt au grand soleil le long de la rivière, des doutes me sont venus sur ma raison » (p. 43).

Autant la description du cadre de vie du narrateur ne servait dans la version initiale qu'à installer un simple décor séduisant, autant elle se charge dans la seconde version d'une fonction beaucoup plus complexe en posant d'emblée la synthèse des quatre éléments auquel s'assimile le narrateur. Pareille synthèse se retrouvera lors de la visite au Mont-Saint-Michel et explique aisément la fascination alors éprouvée par le narrateur : « Le soleil venait de disparaître, et sur l'horizon encore flamboyant se dessinait le profil de ce fantastique rocher [...].

« Quand je fus sur le sommet, je dis au moine qui m'accompagnait : “ Mon Père, comme vous devez être bien ici ! ”

« Il répondit : “ Il y a beaucoup de vent, monsieur ” ; et nous nous mîmes à causer en regardant monter la mer, qui courait sur le sable et le couvrait d'une cuirasse d'acier » (p. 30-31).

L'ABSORPTION INTELLECTUELLE

Ce qui est vrai du physique l'est tout autant du psychologique ou de l'intellectuel. Le narrateur a beau se répandre en propos méprisants sur le peuple, « troupeau imbécile tantôt stupidement patient et tantôt férocement révolté » (p. 35) perméable aux discours les plus contradictoires, il n'en reconnaît pas moins à propos de la fête du 14 Juillet : « Les pétards et les drapeaux m'amusaient comme un enfant. C'est pourtant fort bête d'être joyeux, à date fixe, par décret du gouvernement » (p. 35).

De même qu'il est sensible aux phénomènes physiques les plus divers et les plus ténus, et que cela entraîne chez lui des changements d'humeur brusques, le narrateur absorbe comme une véritable éponge les discours les plus contradictoires. Ce matérialiste farouche, qui s'interroge : « Est-il un Dieu ? » (p. 46), et très au fait des données les plus récentes de la science contemporaine, se reconnaît frappé par les légendes que lui raconte le moine du Mont-Saint-Michel, et semble tout près de croire à une histoire à dormir debout de « bouc à figure d'homme » et de « chèvre à figure de femme, tous deux avec de longs cheveux blancs et parlant sans cesse, se querellant dans une langue inconnue, puis cessant soudain de crier pour bêler de toute leur force » (p. 31). Le narrateur semble d'ailleurs accorder à un tel discours plus de crédit qu'à celui du docteur Parent : « Les faits qu'il avança me parurent tellement bizarres, que je me déclarai tout à fait incrédule » (p. 36).

Tout cela ne l'empêche pas de mêler confusément ces deux discours opposés pour en faire le sien propre. C'est ainsi que, dans la longue digression du 19 août, il cite textuellement et, semble-t-il, de mémoire, les propos du moine, ce qui, deux mois après, en dit long sur l'importance qu'il leur a accordée en dépit de leur argumentation un peu simpliste (p. 51), juste après avoir repris à son compte, et presque mot pour mot, le discours du docteur Parent.

Il ne s'agit pas pour Maupassant de renvoyer simplement dos à dos la superstition et une science à laquelle il ne croyait guère, ni même de souligner par là le désarroi du narrateur, prêt à croire tout ce qui viendrait confirmer ses hypothèses, mais de montrer à quel point celui-ci absorbe tous les discours, comme il absorbe l'air et l'eau.

Même ses relations avec autrui sont envisagées sur le mode de l'absorption physique : « Hier, après les courses et des visites qui m'ont fait passer dans l'âme de l'air nouveau et vivifiant, j'ai passé ma soirée au Théâtre-Français » (p. 35). Le narrateur ne cesse de s'approprier et de s'assimiler le monde extérieur, qu'il soit physique ou humain.

Le narrateur est donc lui-même double, par sa nature et par son comportement. Personnage vide soumis à toutes les influences, susceptible d'accueillir immédiatement les impressions physiques ou psychologiques les plus diverses, il représente une proie de choix pour le Horla. Celui-ci ne fait que concrétiser, sur un mode exacerbé, ce que le narrateur vit en permanence : « Je n'ai plus aucune force, aucun courage, aucune domination sur moi, aucun pouvoir même de mettre en mouvement ma volonté. Je ne peux plus vouloir ; mais quelqu'un veut pour moi ; et j'obéis [...]. Quelqu'un possède mon âme et la gouverne ! quelqu'un ordonne tous mes actes, tous mes mouvements, toutes mes pensées. Je ne suis plus rien en moi, rien qu'un spectateur esclave et terrifié de toutes les choses que j'accomplis » (p. 45).

Mais d'un autre côté, ce personnage proche de l'organique, qui s'assimile au végétal ou à l'animal, est prompt à absorber tous les éléments matériels ou humains qui l'entourent. Comme le Horla.

LE NARCISSISME

L'assimilation que le narrateur fait du monde qui l'entoure ne doit rien à un quelconque panthéisme. Ce que le narrateur cherche chez les autres, c'est avant tout sa propre image. Son absence quasi totale de relations sociales, qui va de pair avec le fait qu'il se satisfait pleinement de lui-même et jouit de sa propre existence, montre assez à quel point le narrateur rapporte tout à lui-même et ne considère que lui. Ce qui le désole dans l'imperfection de l'organisme humain, c'est la sienne propre ; ce qu'il vise, dans sa lutte contre le Horla, ce n'est pas le salut de l'humanité, c'est le sien.

Qu'est-ce aussi qu'écrire un journal intime, sinon chercher à se voir renvoyée l'image narcissique de soi-même, indépendamment de tout élément étranger ? De la même façon, il apparaît que l'une des premières choses qu'il ait faites en arrivant à Paris a été de se faire photographier (p. 37-38). Ce personnage nous confie d'ailleurs plus loin à propos de son armoire à glace : « [...] j'avais coutume de m'[y] regarder, de la tête aux pieds, chaque fois que je passais devant » (p. 53).

La quête du narrateur est une quête de son identité, et c'est paradoxalement dans le Horla qu'il la cherche, et peut-être la trouve.

4. LE HORLA, REFLET DU NARRATEUR

DE L'INVISIBILITÉ AU VIDE

De la « Lettre d'un fou[1] » à la deuxième version du « Horla », Maupassant n'a cessé de supprimer les éléments qui pouvaient laisser croire à une existence objective du Horla, et même ceux qui tendaient à le séparer du narrateur ou à l'opposer à lui.

1. Voir Dossier, p. 143.

Maupassant a écrit trois versions très proches les unes des autres de la scène du miroir, mais dont les différences sont significatives.

Dans la « Lettre d'un fou » subsiste une certaine logique rationnelle : si le narrateur ne se voit pas dans la glace, c'est parce qu'un être invisible s'interpose entre lui et le miroir : « Je n'osais pas aller vers elle, sentant bien qu'il était entre nous, lui, l'Invisible, et qu'il me cachait. » Autrement dit, cet être est doté d'une réalité matérielle, et c'est son invisibilité qui explique que le narrateur ne voit rien dans la glace.

La plupart de ces données demeurent dans la première version du « Horla », mais Maupassant insiste beaucoup moins sur l'invisibilité du phénomène et pose en revanche que celui-ci a *absorbé* le reflet du narrateur, avec l'ambiguïté que suppose ce mot. Soit nous sommes encore dans le domaine du rationnel, et il s'agit d'un phénomène physique, au sens où l'on dit que le noir absorbe la lumière, soit nous sommes déjà dans le domaine de l'irrationnel.

Dans la deuxième version enfin, il n'est plus question d'interposition du Horla entre le narrateur et le miroir. Le Horla est devenu totalement immatériel et se confond avec l'image du narrateur : « lui dont le corps imperceptible avait dévoré mon reflet » (p. 53). Les relations de causalité ont toutes disparu. De version en version, le fantastique de Maupassant s'épure.

Jusqu'à la première version incluse, le Horla est, on l'a vu, doté d'une réalité propre indépendante du personnage. Ainsi, dans la première version, c'est le narrateur lui-même qui nomme le Horla, soulignant par là le rapport d'extériorité qu'il entretient avec lui, alors que dans la seconde version, le Horla ne fait plus qu'un avec lui, au point de lui souffler et de lui inspirer son nom.

Dans son dernier avatar, le Horla n'existe que dans la conscience et la représentation qu'en a le narrateur, à tel point que les attributs et les comportements du Horla varient en fonction des préoccupations de celui-ci : il se fait une réflexion sur l'eau qu'il boit et aussitôt le Horla vide l'eau de sa carafe ; il assiste à une séance de magnétisme et, peu après, se croit contraint, comme sa cousine, d'agir sous la pression d'une force occulte. Lit-il un ouvrage savant sur les êtres invisibles, voici que le Horla se documente à son tour dans ce même ouvrage. Le narrateur ne trouve à chaque étape de son évolution que ce qu'il cherche, c'est-à-dire lui-même.

De même, dans la première version, le comportement du Horla obéit à sa logique propre ; dans la seconde ses incohérences sont entièrement liées à l'évolution personnelle du narrateur. C'est ainsi que leur rencontre, qui se présentait initialement comme une sorte d'accident fortuit, semble ne pas relever du hasard dans la seconde. La blancheur de la maison, qui auparavant n'était là que pour le décor, devient désormais la cause de l'intrusion du Horla (cf. p. 49). Le narrateur aime le blanc tout comme le Horla.

Dans la première version, il précisait qu'il avait horreur du lait ; dans la seconde, ce détail disparaît, comme si les goûts du Horla n'étaient plus si contraires à ceux du narrateur. Celui-ci va maintenant jusqu'à saluer le trois-mâts qui transporterait le Horla comme s'il accueillait ce dernier.

Par ailleurs, quoi qu'en dise le narrateur, le Horla ne lui impose rien qui lui répugne profondément. Il le contraint à manger des fraises, pour lesquelles il n'a pas marqué de dégoût particulier ; il lui impose de rentrer chez lui après s'être rendu à Rouen. Compte tenu du caractère casanier du narrateur, beaucoup plus prononcé que dans la première version, et surtout du fait qu'il attend presque avec impatience que le Horla se manifeste à nouveau, il n'y a là rien de bien surprenant.

Il en va de même de leur comportement respectif vis-à-vis du monde extérieur et vis-à-vis d'autrui. Le narrateur puise dans l'air « un sang nouveau » et « une énergie nouvelle » (p. 29). Le Horla ne fait pas autre chose : « [...] sa bouche sur la mienne, [il] buvait ma vie entre mes lèvres » (p. 32). Dans la première version, Maupassant précisait que ces « vampires invisibles [...] se nourrissent [du] souffle [de leurs victimes] pendant leur sommeil » (p. 199).

Le comportement du narrateur avec sa cousine hypnotisée est également bien proche de celui qu'il prête au Horla. Qu'on considère le sadisme avec lequel il exerce son pouvoir sur elle : « Mais, en la regardant avec attention, tous mes doutes se dissipèrent. Elle tremblait d'angoisse, tant cette démarche lui était douloureuse, et je compris qu'elle avait la gorge pleine de sanglots » (p. 39). Le fait d'être ainsi convaincu de la sincérité de sa cousine ne l'empêche pas de prolonger un long interrogatoire auquel il semble éprouver un plaisir trouble : « Elle hésita encore, réfléchissant, je devinai le travail torturant de sa pensée. Elle ne savait pas. [...] Elle s'exaltait, joignant les mains comme si elle m'eût prié ! J'entendais sa voix changer de ton ; elle pleurait et bégayait, harcelée, dominée par l'ordre irrésistible qu'elle avait reçu » (p. 39-40). Un peu plus tard, le narrateur imagine que le Horla ne procède pas autrement à son égard, dans une sorte de fantasme sado-masochiste.

Sorte de vampire à sa manière, ramenant tout à lui, êtres et choses ; être humain, certes, mais sans identité définie et proche aussi par certains aspects de l'animal et du végétal, le narrateur imagine avec le Horla un être plus ou moins semblable à lui-même dans lequel il peut se projeter librement, au gré de ses fantasmes ou de ses besoins. « Rien de plus vrai que cette parole de Voltaire : " Dieu a fait l'homme à son image, mais l'homme le lui a bien rendu " » (p. 37). Cette remarque du docteur Parent résume toute la démarche du narrateur à propos du Horla. C'est lorsqu'il a besoin de s'affirmer avec force qu'il lui prête des sentiments humains et, de façon générale, le réduit à une dimension plus humaine et plus ordinaire. En contemplant l'image du Horla dans le miroir en pied, il ne découvre rien ; rien d'autre que lui-même.

Plus précisément, le narrateur, tout comme Jekyll avec Hyde, entretient avec le Horla un étrange rapport d'attirance et de répulsion. D'un côté, le Horla représente tout ce que le narrateur n'a pas ou n'est pas et en ce sens concrétise un *fantasme* ; de l'autre, il constitue pour lui plus encore qu'un rival, un danger mortel.

Comme dans tout récit fantastique classique, c'est le phénomène qui permet au personnage de prendre conscience de sa faiblesse, de sa petitesse, voire de sa médiocrité, et lui présente ainsi un au-delà à atteindre, lui offrant la possibilité de se dépasser. Tout de suite, le narrateur s'afflige de l'insuffisance de ses sens et de son être tout entier : « Comme il est profond, ce mystère de l'Invisible ! Nous ne le pouvons sonder avec nos sens misérables, avec nos yeux qui ne savent apercevoir ni le trop petit, ni le trop grand, ni le trop près, ni le trop loin, ni les habitants d'une étoile, ni les habitants d'une goutte d'eau... » (p. 26-27). Ces considérations sur l'insuffisance de nos sens, thème rebattu de l'époque[1], n'intervenaient dans la première version qu'à la fin, à titre d'argument *conclusif* qui ne faisait que confirmer le discours qui précédait ; maintenant, elles constituent le *point de départ* obligatoire et la condition indispensable de l'évolution personnelle du narrateur.

1. Voir M.-C. Bancquart, *Maupassant conteur fantastiques*, Archives des lettres modernes, Minard, 1970, p. 25-26.

Ces constatations n'ont donc plus de résonances pascaliennes qu'en apparence. Le narrateur a beau encore affirmer : « Nous sommes si infirmes, si désarmés, si ignorants, si petits, nous autres, sur ce grain de boue qui tourne délayé dans une goutte d'eau » (p. 48), ce n'est pas pour autant qu'il se résigne et s'accommode de cet état ; ce n'est là au contraire que la première étape d'une démarche d'affirmation de soi, et le narrateur d'ajouter aussitôt : « Ah ! si nous avions d'autres organes qui accompliraient en notre faveur d'autres miracles, que de choses nous pourrions découvrir encore autour de nous ! » (p. 27).

Ainsi doté par le narrateur de tous les attributs qui lui manquent, le Horla devient ainsi une sorte de modèle absolu et de pôle d'attraction. À cet égard, la démarche du narrateur est toujours la même. Dans un premier temps, il est impressionné, fasciné, presque subjugué par toutes les manifestations de puissance qui s'offrent à lui. C'est cela qui le frappe par exemple dans le Mont-Saint-Michel. Mais cette première réaction n'est que passagère. Après avoir insisté sur le caractère lointain, presque inaccessible, de l'abbaye, il éprouve une telle satisfaction à pouvoir dire qu'il y est entré qu'il répète le mot à deux reprises, s'exprimant par hyperboles et d'une façon telle que l'on a presque l'impression que l'abbaye n'attendait que lui : « [...] j'entrai dans la plus admirable demeure gothique construite pour Dieu sur la terre, vaste comme une ville, pleine de salles basses écrasées sous les voûtes et de hautes galeries que soutiennent de frêles colonnes. J'entrai dans ce gigantesque bijou de granit » (p. 30). Sur un autre mode, on remarque les mêmes tendances à propos de son attitude face au docteur Parent. D'abord incrédule, mais obligé de se plier aux faits, il profite vite de la situation en se substituant imaginairement au docteur vis-à-vis de sa cousine. Le narrateur ne cesse d'être animé d'une sorte de délire de toute-puissance.

L'AFFIRMATION DE SOI

En vertu de cette logique, plus il dote le Horla d'attributs différents et importants, plus il se juge écrasé par lui, et plus lui-même trouve là l'occasion de s'affirmer en tant qu'être. C'est toujours à l'esclave que profite la dialectique du maître et de l'esclave. Plus grande est donc l'emprise du Horla, et plus grand est le mérite du narrateur d'y échapper. Ce dernier, qui s'appuyait encore sur les autres au début, en consultant son médecin ou son entourage, ne fait plus à la fin que compter sur ses propres forces et s'enfonce dans un isolement total qui ne peut que satisfaire son narcissisme, comme en témoigne par exemple l'excitation croissante où le plonge la satisfaction de rivaliser avec le Horla : « Donc, il s'était sauvé ; il avait eu peur, peur de moi, lui !

« Alors... alors... demain... ou après... ou un jour quelconque, je pourrai donc le tenir sous mes poings, et l'écraser contre le sol ! » (p. 48).

C'est ainsi également que son *délire des grandeurs* ne cesse de s'accroître tout au long du texte. S'il commence par attribuer son mal à des causes matérielles puis à un être mystérieux qui s'en prendrait individuellement à lui, il prête rapidement à cet être une dimension macrocosmique, au point de lui attribuer une origine extraterrestre et la volonté de conquérir le monde tout entier.

Et le Horla, cet être parfait venu d'un autre univers, l'a choisi, lui, entre tous les hommes, et lui révèle son nom comme à une sorte d'oracle : « [...] il semble qu'il me crie son nom, et je ne l'entends pas... le... oui... il le crie... J'écoute... je ne peux pas... répète... le... Horla... J'ai entendu... le Horla... » (p. 50). Ainsi le narrateur devient-il le représentant privilégié de l'espèce humaine tout entière : « Est-ce que le monde va finir ? » (p. 46), « Malheur à nous ! Malheur à l'homme ! » (p. 50).

Parallèlement, le narrateur s'envisage comme une sorte de reflet inversé du Horla. Lutter contre le Horla, c'est s'égaler à lui : « Pourtant, l'animal, quelquefois, se révolte et tue celui qui l'a dompté... moi aussi je veux... je pourrai... » (p. 50). Et à l'image totalisatrice mais négative et dominatrice du Horla le narrateur oppose sa propre vision d'un être idéal, à travers une image qui s'accorde pleinement avec sa pensée syncrétique : « Mais direz-vous, le papillon ! une fleur qui vole ! J'en rêve un qui serait grand comme cent univers, avec des ailes dont je ne puis même exprimer la forme, la beauté, la couleur et le mouvement. Mais je le vois... il va d'étoile en étoile, les rafraîchissant et les embaumant au souffle harmonieux et léger de sa course !... Et les peuples de là-haut le regardent passer, extasiés et ravis !... » (p. 52).

C'est à ce moment aussi qu'il s'imagine investi d'une sorte de rôle messianique. Peu importe que cela passe par la disparition d'êtres humains, y compris ses proches. Le narrateur semble n'éprouver ni regret ni remords à l'idée qu'il a oublié ses domestiques dans sa maison en feu, simplement un immense sentiment de plaisir d'avoir triomphé du Horla, et son discours cultive alors l'hyperbole jusqu'au délire : « Je rencontrai des gens qui s'en venaient déjà et je retournai avec eux, pour voir !

« La maison, maintenant, n'était plus qu'un bûcher horrible et magnifique, un bûcher monstrueux éclairant toute la terre, un bûcher où brûlaient des hommes et où il brûlait aussi, Lui, Lui, mon prisonnier, l'Être nouveau, le nouveau maître, le Horla ! » (p. 55).

Dans ces conditions, le Horla ne saurait être vécu longtemps comme un simple agresseur face auquel on ne peut avoir qu'une réaction de fuite ou de défense passive. Si tel était le cas, ce serait pour le narrateur reconnaître et admettre sa faiblesse ou son infériorité. Le Horla sera donc aussi un rival, et le combat sera d'autant plus glorieux qu'il est inégal. Le Horla a beau tout voir, le narrateur peut sentir sa présence et finalement le tromper : « [...] à gauche, ma porte fermée avec soin, après l'avoir laissée longtemps ouverte, afin de l'attirer [...]. Donc, je faisais semblant d'écrire, pour le tromper, car il m'épiait lui aussi ; et soudain, je sentis, je fus certain qu'il lisait par-dessus mon épaule, qu'il était là, frôlant mon oreille » (p. 53). De chasseur qu'il était, le Horla est devenu gibier.

LA RÉGRESSION

C'est alors que le récit s'écarte une fois de plus du schéma classique du récit fantastique. Traditionnellement, en effet, le conflit qui oppose le phénomène au personnage permet à celui-ci d'accéder à la conscience lucide de soi-même et du monde qui l'entoure, et même si, pour une raison ou pour une autre, ce n'est pas lui qui parvient à cette connaissance supérieure, c'est le lecteur qui jouit de ce privilège. Le Poprichtchine du *Journal d'un fou* ou le Goliadkine du *Double* sombrent dans la folie, mais non sans que le lecteur ait perçu les enjeux de leur cheminement personnel et accède ainsi à cette espèce de révélation. Rien de tel dans « Le Horla », du moins dans sa seconde version, en raison d'une logique interne relativement atypique.

D'abord, loin d'être un dépassement, le cheminement du narrateur est celui d'une régression vers l'animalité. Que son discours soit l'écho du darwinisme ambiant, nul n'en doute ; mais on est surtout frappé du fait que c'est à partir du moment où il décide de réagir, et donc de s'affirmer comme un être libre, qu'il se définit systématiquement par comparaison avec l'animal : « D'un bond furieux, d'un bond de bête révoltée, qui va éventrer son dompteur, je traversai ma chambre pour le saisir, pour l'étreindre, pour le tuer ! ... [...] Est-ce que les chiens, quelquefois, ne mordent point et n'étranglent pas leurs maîtres ? » (p. 48). Et un peu plus loin : « Pourtant l'animal, quelquefois, se révolte et tue celui qui l'a dompté... moi aussi je veux... » (p. 50). Cette régression va de pair avec l'abandon progressif de toute relation sociale, contrairement à ce qui se passait dans la première version. Animalité et folie sont souvent associées chez Maupassant, comme le montre aussi l'exemple d'Ulrich dans « L'auberge ».

C'est que Maupassant ne s'inscrit pas dans la pensée humaniste qui sous-tend au fond la littérature fantastique. Le fantastique suppose que l'individu, si ordinaire qu'il soit, est capable de se dépasser. Or, chez Maupassant, il n'est pas de dépassement possible. Quel que soit le crédit qu'il a pu peut-être accorder avec ses contemporains à la pensée de Schopenhauer, la plupart de ses récits fantastiques reposent sur l'idée que l'individu est incapable de sortir de lui-même. La relation spéculaire du narrateur au Horla ne peut déboucher sur rien.

Mais la dialectique du personnage et du phénomène est telle que chacun est le miroir de l'autre et ne saurait exister sans lui. Le narrateur a tellement besoin du Horla pour se sentir exister que l'absence de manifestations de ce dernier le plonge dans une angoisse extrême (cf. p. 44-45). Cette situation est d'autant plus marquée que la relation entre le narrateur et le Horla est purement duelle et exclut toute intervention extérieure. Dans un récit fantastique classique, les tiers ont la possibilité d'intervenir et d'agir soit sur le personnage (l'entourage de Goliadkine décide finalement de l'interner), soit sur le phénomène (le père Sérapion tue Clarimonde dans *La morte amoureuse*). Ici, le conflit ne peut se résoudre que par la victoire de l'un sur l'autre. Or, si le narrateur jugeait avoir tué le Horla, il perdrait sa raison d'être. Mais il ne saurait non plus reconnaître l'existence d'un être supérieur à lui. Il lui faut donc se suicider ; conclusion logique mais atypique. Le personnage est souvent détruit par le phénomène ; dans de très rares cas, tels que *L'homme au sable* de Hoffmann, il peut même se suicider sous l'effet hypnotisant de celui-ci ; mais habituellement le suicide est un acte de liberté suprême réservé à un phénomène dont le niveau de réflexion est tel que, comme le monstre de Frankenstein, il accède à une dimension humaine : ce n'est pas Jekyll qui se suicide, c'est Hyde. Et le véritable phénomène, ce n'est pas le Horla, et pour cause, c'est le narrateur.

5. LE NARRATEUR ET SES DOUBLES

LE HORLA COMME DOUBLE

Dans quelle mesure le Horla peut-il être assimilé à la figure traditionnelle du double — qu'il convient de différencier elle-même de celle des frères ennemis, qui repose sur un fonctionnement autre ?

La figure du double peut recouvrir deux valeurs différentes, qui se recoupent à l'occasion : soit une valeur morale, comme dans *William Wilson* de Poe ou *Le portrait de Dorian Gray* d'Oscar Wilde, auquel cas le double incarne une sorte d'image de la conscience du personnage ; soit une valeur psychologique, comme dans *Le double* de Dostoïevski, *L'étrange cas du Dr Jekyll et de Mr Hyde*, ou dans le cas du couple formé par Catherine et Heathcliff dans *Les hauts de Hurlevent*, auquel cas il représente une concrétisation des désirs ou des pulsions du personnage, une sorte de *retour du refoulé.*

Dans tous les cas, il est donc une image du moi profond du personnage, et joue un rôle de révélateur de ce moi pour le personnage lui-même et éventuellement pour son entourage. Il est par ailleurs logique que s'instaure entre le personnage et son double un rapport d'attirance/répulsion. Le double est objet d'attirance et de fascination en ce qu'il représente la réalisation d'un fantasme, et rejeté en ce que le moi ne saurait accepter cette part de refoulé qui est en lui.

À ce stade, le Horla correspond exactement à ce schéma, dans la mesure où il est l'expression des fantasmes et des obsessions du narrateur. Peu importe dans cette perspective que le double ne soit pas une duplication mécanique du personnage, d'autant plus que la vacuité du Horla répond précisément à celle du narrateur.

Mais, comme à son ordinaire, Maupassant reprend un schéma classique pour le subvertir. Le double est la concrétisation de la dualité initiale du personnage et ne fait que mettre en évidence cette dualité, en incarnant son moi profond, ce qui suppose par définition qu'il existe une vérité du moi, susceptible de se révéler ainsi derrière ou audelà des apparences extérieures. En d'autres termes, le double constitue la *révélation d'une essence* du personnage, antérieure à son existence sociale, mais qui ne peut se manifester qu'après coup, une fois que le personnage s'est constitué en tant qu'être social.

Dans des genres très différents, le double de William Wilson n'apparaît qu'après que le héros a déjà commis ses premiers délits, et Hyde ne peut exister qu'après que Jekyll est devenu un médecin renommé et respecté de tous. La vérité de leur être ne peut apparaître comme telle qu'à partir du moment où ils l'ont refoulée. Le double n'intervient chronologiquement qu'après la constitution de l'individu comme être social.

Tout cela permet de comprendre d'une part pourquoi, contrairement à ce qui se passe le plus fréquemment dans les récits fantastiques, les histoires de double sont presque toujours rédigées à la troisième personne, et donc avec un narrateur totalement extérieur, garant de la réalité de la chose rapportée : en tant qu'incarnation de la vérité, le double est posé comme ayant une réalité objective. Qu'il s'agisse des récits de Poe, de Stevenson, de Henry James, de Dostoïevski ou d'Oscar Wilde, le double ne se réduit jamais à une projection imaginaire du personnage. Il est doté d'une existence objective incontestable, et tout le monde peut voir le double de William Wilson, Hyde ou le portrait de Dorian Gray.

D'autre part, puisqu'il est l'expression d'une essence, le double se définit par la permanence. Permanence physique, qui fait qu'il est identique à lui-même tout au long du récit, mais aussi permanence morale ou psychologique : le double peut adopter des comportements variables mais cohérents, et il n'évolue pas. Que le portrait de Dorian Gray se transforme extérieurement ne change rien à l'affaire puisque ses transformations sont la pure et simple conséquence mécanique de l'évolution morale du personnage — un peu comme la peau de chagrin par rapport à Raphaël dans le roman de Balzac —, et donc qu'à chaque nouvelle métamorphose le portrait ne fait encore qu'exprimer le moi profond du personnage.

On le voit, le rapport du narrateur au Horla est d'une nature toute différente. D'abord, le Horla, contrairement au double traditionnel, n'a pas d'autre existence que celle que lui prête le narrateur, d'où résulte notamment son caractère immatériel, donnée inenvisageable dans les autres histoires de double. Il n'existe même que progressivement, au fur et à mesure que le narrateur lui confère une existence et le dote d'attributs variés, même si cette existence et ces attributs sont le reflet du narrateur. De sorte que le Horla, contrairement au double traditionnel, n'est pas l'incarnation d'une essence initiale qui se manifesterait après coup.

Cela est d'ailleurs logique de la part d'un auteur pour qui l'individu ne se définit pas

1. Voir p. 15 à 18.

par une essence donnée d'avance[1], mais se constitue lui-même comme être au fur et à mesure de ses actes, ce qui explique entre autres pourquoi son comportement paraît si surprenant aux autres, voire imprévisible. Pour Maupassant, il n'est pas de vérité en soi de l'individu. L'idée d'un moi profond est aussi illusoire que celle d'un prétendu moi social. En fait, comme tous les personnages du recueil, le narrateur du Horla, loin de se voir révéler par son double son essence initiale, se constitue progressivement par et à travers lui.

C'est pourquoi le Horla, à l'inverse du double traditionnel, n'est pas immuable mais changeant, évoluant de façon plus ou moins incohérente au gré de l'évolution personnelle du narrateur, ce qui permet à Maupassant d'introduire entre le narrateur et le Horla une dialectique plus subtile que celle à laquelle on assiste généralement dans ce type de récits.

D'habitude, en effet, le personnage réagit face à son double comme il réagirait face à tout adversaire doté d'une existence matérielle objective ; au lieu que le narrateur a tout pouvoir de modeler le Horla comme il l'entend, de l'élaborer en fonction de ses fantasmes propres, et donc de se construire lui-même à travers tout cela, autant qu'il le construit.

Du même coup, l'existence et l'évolution du narrateur ne peuvent qu'être concomitantes de celle du Horla. Autant Jekyll ou Goliadkine existent avant l'apparition de leur double — au point que justement cette existence préalable est la condition indispensable de cette apparition —, autant le narrateur ne peut exister qu'en même temps que le Horla, dont le rôle est de donner une épaisseur à cette vacuité absolue qu'il représente. C'est d'ailleurs l'une des raisons pour lesquelles Maupassant a mis autant de soin à détacher le narrateur, du moins dans la seconde version, de toute attache sociale ou familiale, au point de lui dénier même pratiquement tout passé. L'histoire du narrateur se confond avec celle de sa confrontation avec le Horla. À la limite, le narrateur n'existe que grâce au Horla.

LES ENJEUX

Ainsi, « Le Horla » ne témoigne pas seulement d'une économie de moyens d'autant plus exceptionnelle qu'il s'agit d'une nouvelle assez longue et qui ne met néanmoins en scène que deux personnages ; il constitue une véritable *épure* du récit fantastique, que Maupassant a en effet réduit ici à son schéma minimal : celui de la relation duelle d'un personnage à un phénomène. En ce sens, il est légitime d'y voir un modèle parfait.

Mais surtout, en imaginant un personnage vide face à un phénomène qui lui-même n'existe pas, Maupassant a poussé à un point limite la logique du genre tout entier, au point de le subvertir. « Le Horla » représente l'une des recherches les plus subtiles et les plus abouties qui aient été faites à partir des éléments constitutifs du récit fantastique.

En vertu de cette logique, Maupassant, contrairement à l'immense majorité des auteurs fantastiques, ne se soucie pas de délivrer un message quel qu'il soit. Le récit fantastique développe presque toujours, au moins implicitement, un discours de type moral, religieux, philosophique ou scientifique, le plus souvent énoncé par l'auteur lui-même ou par un personnage un peu plus extérieur à l'action et garant de la vérité. La première version du « Horla » correspond à ce schéma traditionnel : puisque le narrateur n'est pas fou et que l'existence du Horla semble démontrée, l'homme a, ainsi que le conclut le docteur Marrande, trouvé son successeur. Le lecteur de l'époque pouvait trouver là un écho ou même une réponse à ses préoccupations. Or, la logique interne de la seconde version du « Horla » est radicalement différente, tant sur le plan idéologique que sur le plan littéraire.

De l'une à l'autre version, Maupassant prend ses distances par rapport aux débats qui pouvaient encore agiter l'esprit de certains de ses contemporains. Dans la première version, il se montre fort discret sur ce qui pouvait rattacher son récit à l'actualité scientifique, ou considérée comme telle de son époque. Pas de référence directe à Mesmer[1] ou à l'école de Nancy[2], encore moins aux extraterrestres ; tout juste trois lignes sur « l'hypnotisme, la suggestion, le magnétisme » (p. 198). Le contexte n'ayant pas changé au cours des quelques mois qui séparent les deux états du texte, on doit en conclure que les enjeux ne sont pas les mêmes.

1. Médecin allemand (1734-1815) qui prétendit avoir découvert le « magnétisme animal », fluide qui était censé guérir toutes les maladies.

2. Voir Dossier, p. 157 *sq.*

En 1887, le *magnétisme* et tout ce qui s'y rattache est accueilli avec un scepticisme croissant dans les milieux cultivés. Quelques années auparavant, Flaubert, avec l'ironie cruelle qui est la sienne, avait fait de Bouvard et Pécuchet des disciples fidèles de Mesmer. *La pluralité des mondes habités*, de l'astronome Camille Flammarion, est déjà vieux de vingt-cinq ans, et plusieurs des thèses que son auteur y développait se trouvent placées par Maupassant dans la bouche d'un personnage dont il nous dit que « ce toqué [lui a] paru moins bête qu'un simple rentier[1] ». Quant à l'école de Nancy et à ses démêlés avec Charcot, elle était envisagée avec la même méfiance par nombre de contemporains, et par Maupassant lui-même.

1. *L'homme de Mars*, 1887. Ce récit ne fut jamais repris en volume.

Quoi qu'on en ait parfois dit[2], la position de Maupassant sur Charcot, et plus généralement sur tout ce qui touche à l'hypnotisme ou au magnétisme, n'a guère évolué. En 1882, il prêtait à un personnage[3] des commentaires ironiques sur Charcot, et la même année, c'est en son nom propre qu'il parle dans une chronique[4], et ses propos ne sont pas plus obligeants : « Hystérique, madame, voilà le grand mot du jour. [...] Nous sommes tous des hystériques, depuis que le docteur Charcot, ce grand prêtre de l'hystérie, cet éleveur d'hystériques en chambre, entretient à grands frais dans son établissement modèle de la Salpêtrière un peuple de femmes nerveuses auxquelles il inocule la folie, et dont il fait, en peu de temps, des démoniaques. » Quelques années plus tard, une autre chronique[5] parue peu après la publication du *Horla* prouve assez qu'en dépit de la fréquentation des cours de Charcot à la Salpêtrière, son scepticisme est resté intact.

---

2. Voir P.-J. Castex, *Le conte fantastique en France de Nodier à Maupassant*, Corti, 1951, p. 382 ; ou M.-C. Bancquart, introduction à l'édition du *Horla*, Classiques Garnier p. XXII.

3. « Magnétisme », in *Le père Milon*.

4. « Une femme », *Gil Blas*, 16 août 1882.

5. « Aux bains de mer », *Gil Blas*, 6 septembre 1887. Voir Dossier, p. 161.

Le public cultivé de l'époque, qui ne croyait guère plus à Mesmer qu'aux farfadets, ne pouvait en aucun cas accorder le moindre crédit au bric-à-brac pseudo-scientifique développé par le narrateur, même si un tel discours continuait de séduire un public plus large que Maupassant se gardait bien de négliger. « Le Horla » joue entièrement sur ce double public.

Or, si de telles références sont absentes de la première version, c'est précisément que Maupassant veut ici laisser croire à l'existence d'un être tel que le Horla. Il s'agissait alors pour lui de suggérer une réalité, d'où la cohérence du personnage comme du phénomène, et donc d'exclure tout ce qui pouvait être déjà considéré par beaucoup comme des sornettes. L'enjeu du second « Horla » est d'ordre beaucoup plus formel.

De Mallarmé au Huysmans d'*À rebours*, en passant par Henry James, les écrivains de la fin du XIXe siècle n'ont cessé d'essayer de réaliser le «livre sur rien» dont rêvait Flaubert. La recherche entreprise ici par Maupassant s'inscrit dans cette mouvance, même si elle n'a pas été nécessairement perçue comme telle par ses contemporains. « Le Horla » est une mise en scène du vide, et chacun des éléments constitutifs de ce récit, à savoir le Horla, le narrateur et le journal, ne fait que refléter l'inanité des deux autres en même temps que la sienne propre.

LE JOURNAL, ÉCRITURE DU VIDE

Ce n'est pas à cause des contraintes qu'impose le genre de la nouvelle que Maupassant fait intervenir le Horla dès la première page du récit, simultanément au narrateur. Entre ces trois éléments indissociables, Maupassant introduit un jeu spéculaire incessant.

Comme le Horla, le journal représente une surface vierge et théoriquement illimitée sur laquelle le moi du narrateur peut se projeter et se déployer librement dans sa dynamique. À la transparence de l'un répond la blancheur de l'autre, et tous deux permettent au narrateur de se découvrir et de se constituer progressivement comme sujet. Par définition, le journal est une forme non close et en évolution permanente, tout comme le Horla, et répond lui aussi pleinement aux désirs narcissiques du narrateur.

Le journal et le Horla ne sont pas similaires seulement du point de vue de leur fonction et de leur malléabilité. L'un et l'autre présentent par définition un caractère imprévisible. Le narrateur le rédige très irrégulièrement, laissant souvent s'écouler plusieurs jours sans y toucher, mais y revenant tous les jours à d'autres périodes, sans pour autant que se dégage de ces écarts une logique apparente. Que se passe-t-il notamment durant la longue période qui s'étend du 21 août au 10 septembre, et qui se trouve réduite à un simple et grand blanc ?

Pis encore, comment expliquer que le 19 août (p. 49), le narrateur se livre à une digression plus ou moins métaphysique sur le Horla, consécutive à la révélation qu'il vient d'avoir grâce à la *Revue du monde scientifique*, alors que ce n'est que plus tard, au cours de cette même journée du 19 août, qu'il revient à son journal pour rapporter son expérience de la veille, au cours de laquelle il prétend avoir vu le Horla (p. 52) ? Quelle que soit l'importance qu'il accorde à cet article, il est impensable, y compris dans la logique qui est la sienne, qu'il rejette ainsi le récit de sa vision au second plan, d'autant que l'excitation dont il témoigne alors montre assez l'effet qu'elle a pu avoir sur lui. Et l'on ne saurait se contenter de l'explication commode qui consiste à attribuer l'identité des deux datations à une erreur de Maupassant[1]. Le soin qu'il a pris à faire intervenir le narrateur tous les jours entre le 6 et le 21 août prouve qu'il ne s'agit nullement d'une négligence, mais d'un choix au contraire très calculé.

1. Voir Philippe Bonnefis, note de la page 46 à l'édition du *Horla*, Livre de Poche, 1984, p. 213 ; ou Yvan Leclerc, préface à l'édition du manuscrit du *Horla*, éd. du CNRS/Zulma, 1993, p. 28.

De la même manière, pourquoi le narrateur juge-t-il bon d'emporter son journal avec lui à Paris alors qu'il l'a laissé lors de son précédent voyage de près d'un mois (p. 30) ? À l'incohérence des attributs et au caractère imprévisible des manifestations du Horla correspondent l'incohérence et l'irrégularité de ce journal, dont les effets sur le lecteur sont aussi déstabilisants que peut l'être le Horla sur le narrateur.

Étrange journal que celui-ci, posé abruptement, sans présentation préalable, contrairement à la plupart des textes présentés comme des manuscrits, tels *Les liaisons dangereuses* ou le *Manuscrit trouvé à Saragosse*, sans personne pour l'avoir recueilli et sans destinataire extérieur. Ce journal ne laisse guère de traces de son inscription, et ce d'autant plus qu'il est lui-même singulièrement immatériel.

À aucun moment le narrateur ne fait allusion au fait qu'il l'écrit ; jamais non plus il ne s'y réfère, au point que même lorsqu'il reproduit à nouveau les paroles du moine du Mont-Saint-Michel, c'est apparemment de mémoire, et non en relisant les pages précédentes (p. 51). Tout se passe comme si chaque page effaçait la précédente, ou plus exactement comme si ces pages n'avaient jamais existé, de la même façon que chaque caractéristique nouvelle du Horla est susceptible de faire oublier et disparaître les autres. Sans trace matérielle visible, ce journal, à la limite, n'existe pas, pas plus que le Horla.

Le narrateur, sujet vide, tente ainsi de se constituer à travers des supports à son image, qui ne peuvent que lui renvoyer sa propre inanité. À la fin, il ne lui reste plus qu'à s'anéantir lui-même, sans intervention extérieure qui viendrait garantir malgré tout sa réalité. « Le Horla » est de part en part une écriture du néant.

DOSSIER

I. REPÈRES BIOGRAPHIQUES

1850 5 août : naissance de Guy de Maupassant, près de Dieppe.

1856 Naissance d'Hervé, frère de Guy.

1860 Séparation des parents de Guy de Maupassant.

1868 Il entre au lycée de Rouen après son renvoi du petit séminaire d'Yvetot. Il a pour correspondant Louis Bouilhet, l'ami intime de Flaubert.

1869 Il s'inscrit en première année de droit à Paris.

1870 Mobilisé, il assiste à la déroute française.

1872 Il entre au ministère de la Marine.

1873 À partir de cette date, Flaubert l'assiste de ses conseils et lui fait connaître les personnalités les plus éminentes du monde littéraire.

1875 Maupassant rédige ses premiers récits.

1877 Premiers signes de la syphilis.

1878 Il se fait muter au ministère de l'Instruction publique.

1880 Publication de « Boule de suif » dans le recueil collectif *Les soirées de Médan*. Le succès est immédiat. Quelques jours après, mort de Flaubert. Maupassant collabore au journal *Le Gaulois*.

1881 *La maison Tellier*. Il écrit pour *Gil Blas*. Premières crises de névralgie.

1882 *Mademoiselle Fifi*.

1883 Parution en feuilleton puis en volume d'*Une vie*, son premier roman. *Contes de la bécasse*.

1884 *Miss Hariett, Les sœurs Rondoli, Yvette*.

1885 *Bel-Ami*. Aggravation des troubles oculaires de Maupassant.

1886 *Toine, La Petite Roque*.

1887 *Mont-Oriol, Le Horla, Pierre et Jean.*
1888 *Le rosier de Madame Husson.*
1889 *La main gauche, Fort comme la mort.* Internement et mort d'Hervé.
1890 *Notre cœur.* L'état de santé de Maupassant décline rapidement.
1891 Périodes de travail entrecoupées de périodes de cures sans effet.
1892 1er janvier : tentative de suicide. Le 7, il est interné dans la clinique du docteur Blanche.
1893 6 juillet : mort de Maupassant.

II. DOCUMENTS

1. MAUPASSANT ET LE FANTASTIQUE

Maupassant s'inscrit dans un moment charnière : celui où la foi dans le progrès de la science est telle qu'on l'imagine illimité, mais où parallèlement s'affirme un vague regret des croyances passées. C'est l'époque où par exemple Anatole Le Braz travaille sur la *Légende de la mort*, œuvre d'érudition mais non dénuée de cette nostalgie dont parle ici Maupassant.

ADIEU MYSTÈRES

Maupassant, « Adieu mystères » (*Le Gaulois*, 8 novembre 1881), in *Chroniques*, vol. I, UGE, 10/18, 1983.

Honte aux attardés, aux gens qui ne sont pas de leur siècle !

L'humanité est toujours divisée en deux classes, celle qui tire en avant et celle qui tire en arrière. Les uns quelquefois vont trop vite ; mais les autres n'aspirent qu'à reculer, et ils s'arrêtent les premiers, ils retardent la pensée, entravent la science, ralentissent la marche sacrée des connaissances humaines.

Et ils sont nombreux, ces ankylosés, ces pétrifiés, ces empêcheurs de sonder les mystères du monde : vieux messieurs et vieilles dames bardés de morale enfantine, de religion aveugle et niaise, de principes grotesques, gens d'ordre de la race des tortues, procréateurs de tous ces jeunes élégants à cervelle d'oiseau, siffant les mêmes airs de père en fils, pour qui toute l'imagination consiste à distinguer ce qui est *chic* de ce qui ne l'est pas. Un assassin, un soldat traître, tout criminel, quelque monstrueux qu'il soit, me semble moins odieux, est moins mon ennemi naturel, instinctif, que ces retardataires à courte vue, qui jettent entre les jambes des coureurs en avant leurs préjugés antiques, les doctrines surannées de nos aïeux, la litanie des sottises légendaires, des sottises indéracinables qu'ils répètent comme une prière.

Marchons en avant, toujours en avant, démolissons les croyances fausses, abattons les traditions encombrantes, renversons les doctrines séculaires sans nous occuper des ruines. D'autres viendront qui déblaieront ; d'autres ensuite qui reconstruiront ; puis d'autres encore qui redémoliront ; et d'autres toujours qui rétabliront. Car la pensée marche, travaille, enfante ; tout s'use, tout passe, tout change, tout se modifie. Les idées ne sont pas de nature plus immortelle que les hommes, les bêtes et les plantes. Et pourtant, comme elle vous tient souvent, cette tendresse coupable pour les croyances anciennes qu'on sait menteuses et nuisibles !

*

Ainsi qu'un temple des religions nouvelles, un temple ouvert à tous les cultes, à toutes les manifestations de la science et de l'art, le palais de l'Industrie montre chaque soir aux foules ahuries des découvertes si surprenantes que le vieux mot balbutié toujours à l'origine des superstitions, le mot « miracle », vous vient instinctivement aux lèvres.

La foudre captive, la foudre docile, la foudre que la nature a faite nuisible, devenue utile aux mains de l'homme ; l'insaisissable employé comme force, transmettant au loin le son, le son, cette illusion de l'oreille humaine, qui change en bruit les vibrations de l'air. L'impondérable remuant la matière, et la lumière, une prodigieuse lumière, réglée, divisée, modérée à volonté, produite par cet inconnu formidable dont le fracas faisait tomber nos pères à genoux : voilà ce que quelques hommes, quelques travailleurs silencieux, nous font voir.

On sort de là plein d'une admiration enthousiaste.

On se dit : « Plus de mystères ; tout l'inexpliqué devient explicable un jour ; le surnaturel baisse comme un lac qu'un canal épuise ; la science, à tout moment, recule les limites du merveilleux. »

Le merveilleux ! Jadis il couvrait la terre. C'est avec lui qu'on élevait l'enfant ; l'homme s'agenouillait devant lui ; le vieillard, au bord de la tombe, frissonnait éperdu devant les conceptions de l'ignorance humaine.

Mais des hommes sont venus, des philosophes d'abord, puis des savants, et ils sont entrés hardiment dans cette épaisse et redoutée forêt des superstitions ; ils ont haché sans cesse, ouvrant des routes d'abord pour permettre à d'autres de venir ; puis ils se sont mis à défricher avec rage, faisant le vide, la plaine, la lumière autour de ce bois terrible.

Chaque jour ils resserrent leurs lignes, élargissent les frontières de la science ; et cette frontière de la science est la limite des deux camps. En deçà, le connu qui était hier l'inconnu ; au-delà, l'inconnu qui sera le connu demain. Ce reste de forêt est le seul espace laissé encore aux poètes, aux rêveurs. Car nous avons toujours un invincible besoin de rêve ; notre vieille race, accoutumée à ne pas comprendre, à ne pas chercher, à ne pas savoir, faite aux mystères environnants, se refuse à la simple et nette vérité.

L'explication mathématique de ses légendes séculaires, de ses poétiques religions, l'indigne comme un sacrilège ! Elle se cramponne à ses fétiches, injurie les bûcherons, en appelle désespérément aux poètes.

Hâtez-vous, ô poètes, vous n'avez plus qu'un coin de forêt où nous conduire. Il est à vous encore ; mais, ne vous y trompez pas, n'essayez point de revenir dans ce que nous avons exploré.

*

Les poètes répondent : « Le merveilleux est éternel. Qu'importe la science révélatrice, puisque nous avons la poésie créatrice ! Nous sommes les inventeurs d'idées, les inventeurs d'idoles, les faiseurs de rêves. Nous conduirons toujours les hommes en des pays merveilleux, peuplés d'êtres étranges que notre imagination enfante. »

Eh bien, non. Les hommes ne vous suivront plus, ô poètes. Vous n'avez plus le droit de nous tromper. Nous n'avons plus la puissance de vous croire. Vos fables héroïques ne nous donnent plus d'illusions ; vos esprits, bons ou méchants, nous font rire. Vos pauvres fantômes sont bien mesquins à côté d'une locomotive lancée, avec ses yeux énormes, sa voix stridente, et son suaire de vapeur blanche qui court autour d'elle dans la nuit froide. Vos misérables petits farfadets restent pendus aux fils du télégraphe ! Toutes vos créations bizarres nous semblent enfantines et vieilles, si vieilles, si usées, si répétées ! J'en lis chaque jour, de ces livres d'exaltés frénétiques, de bardes obstinés, de refaiseurs de mystérieux. C'est fini, fini. Les choses ne parlent plus, ne chantent plus, elles sont des lois ! La source murmure simplement la quantité d'eau qu'elle débite !

Adieu, mystères, vieux mystères du vieux temps, vieilles croyances de nos pères, vieilles légendes enfantines, vieux décors du vieux monde !

Nous passons tranquilles maintenant, avec un sourire d'orgueil, devant l'antique foudre des dieux, la foudre de Jupiter et de Jéhova emprisonnée en des bouteilles !

Oui ! vive la science, vive le génie humain ! gloire au travail de cette petite bête pensante qui lève un à un les voiles de la création !

Le grand ciel étoilé ne nous étonne plus. Nous savons les phases de la vie des astres, les figures de leurs mouvements, le temps qu'ils mettent à nous jeter leur lumière.

La nuit ne nous épouvante plus, elle n'a point de fantômes ni d'esprits pour nous. Tout ce qu'on appelait phénomène est expliqué par une loi naturelle. Je ne crois plus aux grossières histoires de nos pères. J'appelle hystériques les miraculées. Je raisonne, j'approfondis, je me sens délivré des superstitions.

Eh bien, malgré moi, malgré mon vouloir et la joie de cette émancipation, tous ces voiles levés m'attristent. Il me semble qu'on a dépeuplé le monde. On a supprimé l'Invisible. Et tout me paraît muet, vide, abandonné !

Quand je sors la nuit, comme je voudrais pouvoir frissonner de cette angoisse qui fait se signer les vieilles femmes le long des murs des cimetières, et se sauver les derniers superstitieux devant les vapeurs étranges des marais et les fantasques feux follets. Comme je voudrais croire à ce quelque chose de vague et de terrifiant qu'on s'imaginait sentir passer dans l'ombre ! Comme les ténèbres des soirs devaient être plus noires autrefois, grouillantes de tous ces êtres fabuleux !

Et voilà que nous ne pouvons plus même respecter le tonnerre, depuis que nous l'avons vu de si près, si patient et si vaincu.

La méditation nostalgique laisse ici place à une réflexion sur l'évolution du genre fantastique. Il est vrai qu'avant « Adieu mystères », Maupassant n'avait guère pratiqué ce type de récit. Depuis, au contraire, il en a signé plusieurs dont « Apparition[1] » et « Lui ?[2] », et c'est en connaisseur et maître du genre qu'il parle désormais.

Maupassant, « Le fantastique » (*Le Gaulois*, 7 octobre 1883), in *Chroniques*, *op. cit.*, vol. II.

Lentement, depuis vingt ans, le surnaturel est sorti de nos âmes. Il s'est évaporé comme s'évapore un parfum quand la bouteille est débouchée. En portant l'orifice aux narines et en aspirant longtemps,

1. In *Clair de Lune*.
2. In *Les sœurs Rondoli*.

longtemps, on retrouve à peine une vague senteur. C'est fini.

Nos petits-enfants s'étonneront des croyances naïves de leurs pères à des choses si ridicules et si invraisemblables. Ils ne sauront jamais ce qu'était autrefois, la nuit, la peur du mystérieux, la peur du surnaturel. C'est à peine si quelques centaines d'hommes s'acharnent encore à croire aux visites des esprits, aux influences de certains êtres ou de certaines choses, au somnambulisme lucide, à tout le charlatanisme des spirites. C'est fini.

Notre pauvre esprit inquiet, impuissant, borné, effaré par tout effet dont il ne saisissait pas la cause, épouvanté par le spectacle incessant et incompréhensible du monde a tremblé pendant des siècles sous des croyances étranges et enfantines qui lui servaient à expliquer l'inconnu. Aujourd'hui, il devine qu'il s'est trompé, et il cherche à comprendre, sans savoir encore. Le premier pas, le grand pas est fait. Nous avons rejeté le mystérieux qui n'est plus pour nous que l'inexploré.

Dans vingt ans, la peur de l'irréel n'existera plus même dans le peuple des champs. Il semble que la Création ait pris un autre aspect, une autre figure, une autre signification qu'autrefois. De là va certainement résulter la fin de la littérature fantastique.

Elle a eu, cette littérature, des périodes et des allures bien diverses, depuis le roman de chevalerie, *Les Mille et une Nuits*, les poèmes héroïques, jusqu'aux contes de fées et aux troublantes histoires d'Hoffmann et d'Edgar Poe.

Quand l'homme croyait sans hésitation, les écrivains fantastiques ne prenaient point de précautions pour dérouler leurs surprenantes histoires. Ils entraient, du premier coup, dans l'impossible et y demeuraient, variant à l'infini les combinaisons invraisemblables, les apparitions, toutes les ruses effrayantes pour enfanter l'épouvante.

Mais quans le doute eut enfin pénétré dans les esprits, l'art est devenu plus subtil. L'écrivain a cherché les nuances, a rôdé autour du surnaturel plutôt que d'y pénétrer. Il a trouvé des effets terribles en demeurant sur la limite du possible, en jetant les âmes dans l'hésitation, dans l'effarement. Le lecteur indécis ne savait plus, perdait pied comme en une eau dont le fond manque à tout instant, se raccrochait brusquement au réel pour s'enfoncer tout aussitôt, et se débattre de nouveau dans une confusion pénible et enfiévrante comme un cauchemar.

L'extraordinaire puissance terrifiante d'Hoffmann et d'Edgar Poe vient de cette habileté savante, de cette façon particulière de coudoyer le fantastique et de troubler avec des faits naturels où reste pourtant quelque chose d'inexpliqué et de presque impossible.

Plus de deux ans séparent la publication de la « Lettre d'un fou » de celle de la deuxième version du « Horla », et Maupassant exploite à chaque reprise la scène du miroir, en des termes presque identiques. Mais ces quelques différences sont significatives, et la « Lettre d'un fou », comme chacune des deux versions du « Horla », constitue un texte autonome, qu'il faut envisager comme tel.

Maupassant, « Lettre d'un fou » (*Gil Blas*, 17 février 1885).

Alors, plus que personne, je les sentais, moi, ces passants surnaturels. Êtres ou mystères ? Le saisje ? Je ne pourrais dire ce qu'ils sont, mais je pourrais toujours signaler leur présence. Et j'ai vu — j'ai vu un être invisible — autant qu'on peut les voir, ces êtres.

Je demeurais des nuits entières immobile, assis devant ma table, la tête dans mes mains et songeant à cela, songeant à eux. Souvent j'ai cru qu'une main intangible, ou plutôt qu'un corps insaisissable, m'effleurait légèrement les cheveux. Il ne me touchait pas, n'étant point d'essence charnelle, mais d'essence impondérable, inconnaissable.

Or, un soir, j'ai entendu craquer mon parquet derrière moi. Il a craqué d'une façon singulière. J'ai frémi. Je me suis tourné. Je n'ai rien vu. Et je n'y ai plus songé.

Mais le lendemain, à la même heure, le même bruit s'est produit. J'ai eu tellement peur que je me suis levé, sûr, sûr, sûr, que je n'étais pas seul dans ma chambre. On ne voyait rien pourtant. L'air était limpide, transparent partout. Mes deux lampes éclairaient tous les coins.

Le bruit ne recommença pas et je me calmai peu à peu ; je restais inquiet cependant, je me retournais souvent.

Le lendemain je m'enfermai de bonne heure, cherchant comment je pourrais parvenir à voir l'Invisible qui me visitait.

Et je l'ai vu. J'en ai failli mourir de terreur.

J'avais allumé toutes les bougies de ma cheminée et de mon lustre. La pièce était éclairée comme pour une fête. Mes deux lampes brûlaient sur ma table.

En face de moi, mon lit, un vieux lit de chêne à colonnes. À droite, ma cheminée. À gauche, ma porte que j'avais fermée au verrou. Derrière moi, une très grande armoire à glace. Je me regardai dedans. J'avais des yeux étranges et les pupilles très dilatées.

Puis je m'assis comme tous les jours.

Le bruit s'était produit, la veille et l'avant-veille, à neuf heures vingt-deux minutes. J'attendis. Quand arriva le moment précis, je perçus une indescriptible sensation, comme si un fluide, un fluide irrésistible eût pénétré en moi par toutes les parcelles de ma chair, noyant mon âme dans une épouvante atroce et bonne. Et le craquement se fit, tout contre moi.

Je me dressai en me tournant si vite que je faillis tomber. On y voyait comme en plein jour, et je ne me vis pas dans la glace ! Elle était vide, claire, pleine de lumière. Je n'étais pas dedans, et j'étais en face, cependant. Je la regardais avec des yeux affolés. Je n'osais pas aller vers elle, sentant bien qu'il était entre nous, lui, l'Invisible, et qu'il me cachait.

Oh ! comme j'eus peur ! Et voilà que je commençais à l'apercevoir dans une brume au fond du miroir, dans une brume comme à travers de l'eau ; et il me semblait que cette eau glissait de gauche à droite, lentement, me rendant plus précis de seconde en seconde. C'était comme la fin d'une éclipse. Ce qui me cachait n'avait pas de contours, mais une sorte de transparence opaque s'éclaircissant peu à peu.

Et je pus enfin me distinguer nettement, ainsi que je le fais tous les jours en me regardant.

Je l'avais donc vu !

Et je ne l'ai pas revu.

Mais je l'attends sans cesse, et je sens que ma tête s'égare dans cette attente.

Je reste pendant des heures, des nuits, des jours, des semaines, devant ma glace, pour l'attendre ! Il ne vient plus.

Il a compris que je l'avais vu. Mais moi je sens que je l'attendrai toujours, jusqu'à la mort, que je l'attendrai sans repos, devant cette glace, comme un chasseur à l'affût.

Et, dans cette glace, je commence à voir des images folles, des monstres, des cadavres hideux, toutes sortes de bêtes effroyables, d'êtres atroces, toutes les visions invraisemblables qui doivent hanter l'esprit des fous.

Voilà ma confession, mon cher docteur. Dites-moi ce que je dois faire ?

À supposer que Maupassant se soit inspiré de la maison de Flaubert pour situer l'action du « Horla », il n'en a pas moins opéré de nombreuses et significatives transformations par rapport à la réalité.

Maupassant, « Flaubert et sa maison » (*Gil Blas*, Supplément 24 novembre 1890), in *Chroniques*, *op. cit.*, vol. III.

Sa maison est devenue aujourd'hui une usine à pétrole.

Il n'existait pas peut-être en France une demeure plus littéraire et plus séduisante pour un écrivain.

Toute blanche, datant du XVIIe siècle, séparée de la Seine par un gazon et par un chemin de halage, elle regardait la magnifique vallée normande qui va de Rouen au port du Havre.

Les grands navires, remorqués lentement vers la ville et vus des fenêtres du cabinet de travail de Flaubert, semblaient passer dans le jardin. Il les regardait, la face collée aux vitres, puis il retournait s'asseoir à sa table de travail, reprenait, dans son grand plat d'Orient, une des cent plumes d'oie qui dormaient là, et il se remettait à écrire en déclamant sa prose. Il veillait si tard chaque nuit que sa lampe servait de phare aux pêcheurs de la rivière.

Deux des fenêtres de ce cabinet, plein de livres et de souvenirs de voyage, s'ouvraient sur le jardin, dont les allées gravissaient la côte. Un immense tulipier les venait caresser. Presque jamais Flaubert ne quittait ce cabinet de travail, n'aimant pas marcher, car il répétait souvent que le mouvement n'est point philosophique.

Quelquefois, cependant, il allait se promener une demi-heure dans la longue avenue de tilleuls, à la hauteur du premier étage, allant de la maison au bout de la propriété. Pascal aussi avait marché sous ces tilleuls, car il demeura quelques jours sous ce toit.

On croit aussi que l'abbé Prévost y fit un court passage. Quand on montait jusqu'au haut du jardin, une admirable vue s'étendait sous les yeux. Le grand fleuve, semé d'îles couvertes d'arbres, descendait de Rouen vers Le Havre.

Sur la rive droite, en se tournant vers l'est, les cent clochers des églises rouennaises se dressaient dans le ciel brumeux, tandis que sur la rive gauche les innombrables cheminées d'usines de Saint-Sever, faubourg industriel, déroulaient dans le même firmament leurs crêpes onduleux de fumée noire.

Mais quand on se tournait vers l'ouest, c'était une longue vallée verte où coulait le fleuve. Sur les côtés, des forêts sombres, et, dans le fond, le grand serpent d'argent liquide qui glissait doucement vers la mer.

2. CONTEXTES

La fin du XIXe siècle est hantée par l'idée de la domination de l'homme par des êtres supérieurs dotés de pouvoirs quasi illimités. Sur le plan humain, ces êtres pouvaient être les docteurs et les « savants » de toutes sortes, individus privilégiés censés pouvoir s'emparer de l'esprit de chacun par l'hypnose ou la suggestion. Sur le plan non humain, ce sont les extraterrestres qui remplissent ce rôle. Maupassant joue avec « Le Horla » sur un fantasme collectif.

Dans une œuvre largement antérieure au « Horla », et qui s'inscrit encore dans la tradition du conte populaire, Chamisso (1781-1838) imagine que son héros, Peter Schlemihl, a accepté de céder son ombre en échange d'une bourse magique inépuisable. Rejeté par tous, il cherche par tous les moyens à récupérer son ombre, et aperçoit un jour une ombre sans corps. Il s'agit de la sienne, qui accompagne en fait l'homme qui la lui a achetée, lequel s'est rendu invisible grâce à un « nid d'oiseau », autre objet magique.

Derrière certains traits archaïques, on voit se profiler ce qui plus tard sera au centre de la thématique et de la problématique du « Horla » : le thème du regard et de l'invisibilité, la quête de l'identité perdue, la confusion des doubles. Qui est le double ? L'ombre, ou celui qui s'en est emparé ?

A. de Chamisso, *L'étrange histoire de Peter Schlemihl* (1814), Folio bilingue, n° 26, p. 121 et 123.

Soudain un bruit léger me fit tressaillir , prêt à fuir, je jetai un regard autour de moi, je ne vis personne ; toutefois, sur le sable ensoleillé, m'apparut, glissant devant moi, une ombre humaine qui n'était pas sans ressemblance avec la mienne et qui, cheminant ainsi seule, semblait avoir perdu son maître.

Alors s'éveilla en moi un puissant désir. Ombre, pensai-je, cherches-tu ton maître ? Je t'en tiendrai lieu. Et je m'élançai pour m'emparer d'elle : je pensais que si j'étais assez heureux pour marcher dans sa trace, de façon qu'elle vînt juste à mes pieds, elle y resterait attachée et, avec le temps, s'habituerait à moi.

L'ombre, au mouvement que je fis, prit la fuite devant moi, et je dus commencer, derrière l'agile fugitive, une poursuite acharnée : seule la pensée de sortir de la terrible situation où je me trouvais put m'armer de forces suffisantes. L'ombre fuyait vers un bois à vrai dire encore éloigné, dans l'obscurité duquel je l'aurais infailliblement perdue ; je le compris, un brusque effroi me traversa le cœur, attisa mon désir, précipita ma course — je gagnais visiblement sur elle, je me rapprochais de plus en plus, elle ne pouvait pas m'échapper.

Soudain elle s'arrêta et se retourna vers moi. Comme un lion sur sa proie, je m'élançai de toute ma vigueur pour en prendre possession — et, contre toute attente, me heurtai sans douceur à un corps résistant. Je reçus alors dans les flancs, sans rien voir, les coups les plus inouïs peut-être que jamais homme ait sentis.

La peur eut pour effet de me faire tendre les bras convulsivement et serrer fortement ce qui se dressait invisible devant moi. Dans ma hâte je tombai en avant, tout du long, tandis que tombait sous moi à la renverse un homme que je tenais embrassé et qui m'apparut alors pour la première fois.

Dès lors, toute l'aventure s'expliquait très naturellement. L'homme devait porter tout d'abord l'invisible nid d'oiseau qui dérobe aux regards celui qui le tient mais non son ombre, et il devait maintenant l'avoir lâché. Je jetai les yeux autour de moi, découvris bientôt l'ombre du nid invisible, me précipitai et ne manquai pas la précieuse proie. Invisible, sans ombre, je tenais le nid dans mes mains.

L'homme, se relevant rapidement et cherchant aussitôt des yeux son heureux vainqueur, n'aperçut dans la vaste plaine ensoleillée ni ce vainqueur ni son ombre, dont il s'inquiétait surtout. En effet, que je fusse par moi-même dépourvu d'ombre, il n'avait pas eu jusqu'alors le loisir de le remarquer et ne pouvait le supposer. Quand il fut convaincu que toute trace avait disparu, il porta les mains sur lui-même avec le plus profond désespoir et se mit à s'arracher les cheveux.

Dans ce récit de Fitz-James O'Brien, apparaît sans doute pour la première fois le thème de la « Chose » invisible et venue d'ailleurs. La représentation de ces êtres reste largement teintée d'anthropomorphisme, et de tous les êtres invisibles imaginés à cette époque, le Horla est de loin le plus abstrait et le plus éloigné de toute imagerie spectaculaire.

O'Brien, *What was it ? (1859), trad. Jacques Papy,* « Qu'était-ce ? », in *Histoires de monstres, La grande anthologie du fantastique,* Presses Pocket, 1977, p. 348-354. D. R.

Je ne puis même pas essayer de définir les sensations que j'éprouvai après avoir donné la lumière. Je suppose que je dus hurler de terreur, car, moins d'une minute après, tous les locataires de la maison se pressaient dans ma chambre. Encore aujourd'hui, je frissonne en pensant à cet effroyable moment : *je ne voyais rien !* Oui, j'étreignais vigoureusement d'un de mes bras une forme corporelle qui respirait et haletait, j'agrippais de l'autre main une gorge de chair aussi chaude que la mienne ; cependant, j'avais beau tenir contre moi cette substance vivante, serrer ce corps contre mon corps, et cela sous l'éclatante lumière du gaz, je ne voyais absolument rien ! Pas même un contour, pas même une vapeur !

À l'heure où j'écris ces lignes, je ne puis concevoir clairement la situation où je me trouvais. Je ne puis me rappeler dans tous ses détails cet incident stupéfiant. C'est en vain que l'imagination essaie d'embrasser cet effroyable paradoxe.

La Chose respirait. Je sentais sur ma joue la chaleur de son souffle. Elle se débattait farouchement. Elle avait des mains qui s'accrochaient à moi. Sa peau était lisse comme la mienne. Cet être se trouvait là, pressé tout contre moi, solide comme un bloc de pierre, et pourtant complètement invisible !

[...]

« Raisonnons un peu, Harry. Voici un corps solide que nous touchons mais que nous ne pouvons voir. Le fait est si peu commun qu'il nous frappe de terreur. Et pourtant n'y a-t-il rien de comparable à ce phénomène ? Prenez un morceau de verre. Il est tangible et transparent. Seule une certaine grossièreté chimique l'empêche d'être si parfaitement transparent qu'il en soit invisible. Mais, remarquez-le bien, il n'est pas *théoriquement impossible* de fabriquer du verre qui ne reflétera pas un seul rayon de lumière, du verre si pur et si homogène en ses atomes que les rayons du soleil le traverseront comme ils traversent l'air, réfractés mais non reflétés. Nous ne voyons pas l'air, et pourtant nous le sentons. »

« Tout cela est très joli, Hammond, mais vous me parlez de substances inanimées. Le verre ne respire pas, l'air ne respire pas. Or, la chose que voici a un cœur qui palpite, une volonté qui la fait agir, des poumons qui inspirent et qui expirent. »

« Vous oubliez les phénomènes dont nous avons entendu parler récemment, répondit le docteur d'une voix grave. À des réunions appelées « cercles spirites », des mains invisibles se sont glissées dans les mains des personnes assises autour de la table, des mains chaudes, des mains de chair, où l'on sentait les pulsations d'une vie mortelle. »

« Eh quoi ? Vous croyez donc que cette chose est... »

« Je ne sais ce qu'elle est, répondit-il d'un ton solennel ; mais s'il plaît à Dieu, avec votre aide, j'étudierai à fond ce mystère. »

[...]

Pendant toute cette longue nuit, Hammond et moi nous nous étions torturé l'esprit pour tâcher de trouver un moyen qui nous permît de connaître la forme et l'aspect général de notre Énigme. Autant que nous avions pu nous en assurer en passant la main tout le long de la créature, elle possédait un corps et un visage humains. Il y avait une bouche ; une tête ronde et lisse dépourvue de cheveux ; un nez qui, toutefois, saillait très peu au-dessus des joues ; des pieds et des mains semblables, au toucher, à ceux d'un petit garçon. Nous songeâmes d'abord à placer notre prisonnier sur une surface lisse, et à en tracer le contour à la craie, comme les cordonniers tracent le contour d'un pied. Mais ce projet fut vite abandonné, car il était sans valeur : un dessin de ce genre ne nous aurait pas donné la moindre idée de la conformation de l'être invisible.

Une heureuse pensée me vint à l'esprit : nous en ferions un moulage en plâtre de Paris. Ceci nous donnerait une effigie complète, et satisferait tous nos désirs. Mais comment nous y prendrions-nous ? Les mouvements de la créature gêneraient le durcissement de la couche plastique, et déformeraient le moule... Au fait, pourquoi ne pas la chloroformer ? Elle avait des organes respiratoires : c'était évident, puisqu'elle respirait. Une fois qu'elle serait sans connaissance, nous pourrions en disposer à notre gré. Nous fîmes venir le docteur X..., et, lorsque le digne praticien se fut remis de sa stupeur, il administra le chloroforme. Trois minutes plus tard, nous pouvions débarrasser la créature de ses liens, et un mouleur s'affairait à couvrir la forme invisible d'argile humide. Cinq minutes après le moule était prêt, et, avant la nuit, nous possédions une grossière image du Mystère. Notre captif avait un corps d'homme, déformé, grotesque, horrible, mais pourtant humain. De petite taille, il ne mesurait guère plus de quatre pieds de haut ; par contre les muscles de ses membres étaient prodigieusement développés. Ses traits surpassaient en hideur tout ce que j'avais vu jusqu'alors. Gustave Doré, Callot, Tony Johannot n'ont jamais rien conçu d'aussi effroyable. Dans les illustrations de Tony Johannot pour le *Voyage où il vous plaira*, il y a un visage qui peut donner une vague idée des traits de cette créature, bien qu'il soit loin d'en égaler l'horreur. C'était la physionomie que mon imagination aurait pu prêter à un vampire. Cet être semblait capable de se nourrir de chair humaine.

Paru la même année que « Le Horla », ce récit de J.-H. Rosny met en scène des êtres à morphologie et à couleurs variables qui envahiraient la Terre et écraseraient l'espèce humaine, thème que reprendra d'ailleurs peu après l'astronome Camille Flammarion (*Uranie*, 1889).

J.-H. Rosny aîné, *Les Xipéhuz* (1887).

Je ne sais s'il faut dire que les Xipéhuz sont de différentes formes, car tous peuvent se transformer successivement en cônes, cylindres et strates, et cela en un seul jour. Leur couleur varie continuellement, ce que je crois devoir attribuer, en général, aux métamorphoses de la lumière depuis le matin jusqu'au soir et depuis le soir jusqu'au matin. Cependant quelques variations de nuances paraissent dues au caprice des individus et spécialement à leurs *passions*, si je puis dire, et constituent ainsi de véritables expressions de physionomie, dont j'ai été parfaitement impuissant, malgré une étude ardente, à déterminer les plus simples autrement que par hypothèse. Ainsi, jamais je n'ai pu distinguer une *nuance* colère d'une *nuance* douce, ce qui aurait été assurément la première découverte en ce genre.

J'ai dit leurs *passions*. Précédemment j'ai déjà remarqué leurs préférences, ce que je nommerais leurs *amitiés*. Ils ont leurs *haines* aussi. Tel Xipéhuz s'éloigne constamment de tel autre et réciproquement. Leurs colères paraissent violentes. Ils s'entrechoquent avec des mouvements identiques à ceux qu'on observe lorsqu'ils attaquent les gros animaux ou les hommes, et ce sont même ces combats qui m'ont appris qu'ils n'étaient aucunement immortels, comme je me sentais d'abord disposé à le croire, car deux ou trois fois j'ai vu des Xipéhuz succomber dans ces rencontres, c'est-à-dire *tomber, se condenser, se pétrifier*. J'ai précieusement conservé quelques-uns de ces bizarres cadavres, et peut-être pourront-ils plus tard servir à découvrir la nature des Xipéhuz. Ce sont des cristaux jaunâtres, disposés irrégulièrement, et striés de filets bleus.

De ce que les Xipéhuz n'étaient point immortels, j'ai dû déduire qu'il devait être possible de les combattre et de les vaincre, et j'ai depuis lors commencé la série d'expériences combattantes dont il sera parlé plus loin.

Comme les Xipéhuz rayonnent toujours suffisamment pour être aperçus à travers les fourrés et même derrière les gros troncs — une grande auréole émane d'eux en tous sens et avertit de leur approche —, j'ai pu me risquer souvent dans la forêt, me fiant à la vélocité de mon étalon.

Là, j'ai tenté de découvrir s'ils se construisaient des abris, mais j'avoue avoir échoué en cette recherche. Ils ne meuvent ni les pierres ni les plantes, et paraissent étrangers à toute espèce d'industrie *tangible* et *visible*, seule industrie appréciable à l'observation humaine. Ils n'ont conséquemment point d'armes, selon le sens par nous attribué à ce mot. Il est certain qu'ils ne peuvent tuer à distance : tout animal qui a pu fuir sans subir le contact *immédiat* d'un Xipéhuz a infailliblement échappé, et de cela j'ai été maintes fois témoin.

[...]

Si les Xipéhuz ont des sens, c'est ce qu'il n'est

pas possible d'affirmer. Ils possèdent certainement des appareils qui leur en tiennent lieu.

La facilité avec laquelle ils perçoivent à de grandes distances la présence des animaux, mais surtout celle de l'homme, annonce évidemment que leurs organes d'investigation valent au moins nos yeux. Je ne leur ai jamais vu confondre un végétal et un animal, même en des circonstances où j'aurais très bien pu commettre cette erreur, trompé par la lumière sous-branchiale, la couleur de l'objet, sa position. La circonstance de s'employer à vingt pour consumer un gros animal, alors qu'un seul s'occupe de la calcination d'un oiseau, prouve une entente correcte des proportions, et cette entente paraît plus parfaite si l'on observe qu'ils se mettent à dix, douze, quinze, toujours en raison de la grosseur relative de la carcasse. Un meilleur argument encore en faveur soit de l'existence d'organes analogues à nos sens, soit de leur intelligence, est la façon dont ils agirent en attaquant nos tribus, car ils s'attachèrent peu ou point aux femmes et aux enfants, tandis qu'ils pourchassaient impitoyablement les guerriers.

Qu'Ambrose Bierce ait ou non lu « Le Horla » importe peu. Ce texte témoigne de certaines préoccupations communes, en rapport avec les recherches scientifiques d'alors et les diverses interrogations qu'elles suscitaient.

Le récit s'ouvre sur l'interrogatoire d'un témoin à propos des conditions mystérieuses qui entourent la mort d'un dénommé Hugh Morgan ; après avoir exposé la conclusion officielle des juges, qui ne résout rien, l'auteur nous fait prendre connaissance du journal de la victime.

A. Bierce, *The Damned Thing* (1893), trad. Jacques Papy, « L'Infernale créature », in *Histoires impossibles*, Grasset, 1950, rééd. 1978, p. 99-101.

Le journal de feu Hugh Morgan renferme plusieurs passages fort intéressants qui, en tant que suggestions, peuvent avoir une valeur scientifique. Ce document n'a pas été produit au cours de l'enquête : peut-être le coroner a-t-il jugé inutile de jeter la confusion dans l'esprit des jurés. La date du premier des passages en question reste inconnue, le haut de la page ayant été arraché ; voici ce qu'il en reste :

« ... se mettait à courir en cercle, la tête tournée vers le centre, puis il s'arrêtait net en aboyant avec fureur. Finalement, il s'est enfui à toute allure à travers les broussailles. Tout d'abord, j'ai cru qu'il était devenu fou ; mais, une fois rentré à la maison, je n'ai rien vu d'anormal dans son attitude qui révélait simplement la crainte d'une correction.

« Est-ce qu'un chien peut voir avec son nez ? Est-ce que les odeurs gravent sur un de ses centres cérébraux l'image de la créature qui les a émises ?...

« *2 septembre.* — La nuit dernière, pendant que je contemplais les étoiles au-dessus de la crête à l'est de la maison, je les ai vues disparaître successivement, de gauche à droite. Elles ne s'effaçaient que par petits groupes et pendant très peu de temps, mais toutes celles qui se trouvaient à proximité du sol ont été éclipsées les unes après les autres, d'un bout à l'autre de la crête. On aurait dit que quelque chose s'interposait entre elles et moi ; néanmoins, je n'ai pu rien discerner. Ceci ne me plaît pas du tout »...

(À cet endroit trois pages manquent.)

« *27 septembre.* — La bête est revenue dans les parages. Tous les jours je trouve des preuves de sa présence. La nuit dernière, je me suis mis à l'affût au même endroit, armé de mon fusil chargé à chevrotines. Au matin, j'ai aperçu de nouveau des empreintes fraîches. Pourtant j'aurais juré que je n'avais pas dormi. En vérité, je ne dors presque plus. La situation est intolérable ! Si ces faits stupéfiants sont réels, je vais devenir fou ; s'ils sont imaginaires, je le suis déjà.

« *3 octobre.* — Je ne partirai pas ; elle ne me forcera pas à partir. Non, jamais ! Ceci est ma maison à moi. Dieu a horreur des lâches...

« *5 octobre.* — Je ne peux plus supporter cet état de choses. J'ai invité Harker à passer quelques semaines avec moi. C'est un homme bien équilibré. D'après son attitude, je pourrai juger s'il me croit fou.

« 7 octobre. — J'ai trouvé la solution du mystère. J'en ai eu hier la révélation soudaine. C'est très simple, effroyablement simple !

« Il existe des sons que nous ne pouvons pas entendre. À chaque extrémité de la gamme se trouvent des notes qui ne font vibrer aucune corde de cet instrument imparfait : l'oreille humaine. Elles sont trop aiguës ou trop graves. Il m'est souvent arrivé d'observer une troupe de corneilles perchées sur différents arbres, en train de croasser à plein gosier. Soudain, en un instant, exactement au même instant, elles s'envolent à la fois. Comment cela se fait-il ? Elle ne pouvaient pas toutes se voir entre elles puisque les cimes des arbres servaient d'écran. En aucun endroit, aucun chef n'aurait pu être visible à la troupe entière. Donc, il y a dû y avoir un signal quelconque, assez aigu pour dominer le vacarme, mais que j'ai été incapable de percevoir. J'ai observé le même envol simultané, dans un silence total, non seulement chez les corneilles mais chez d'autres oiseaux, par exemple chez des cailles embusquées dans des buissons très éloignés les uns des autres, parfois même sur les versants opposés d'une colline.

« Les marins savent que des marsouins en train de s'ébattre à la surface de l'océan, à plusieurs milles de distance, séparés par la convexité du globe terrestre, plongent parfois et disparaissent au même instant. Ils obéissent à un signal donné, trop grave pour être entendu par les matelots, mais dont les vibrations se font sentir dans le navire comme les notes basses d'un orgue dans les pierres d'une cathédrale.

« Il en est des couleurs comme des sons. À chaque extrémité du spectre solaire le chimiste peut détecter la présence de rayons dits " actiniques ". Ils représentent des couleurs que nous ne pouvons discerner. L'œil humain, lui aussi, est un instrument imparfait ; il ne couvre que quelques octaves de la véritable " gamme chromatique ". Je ne suis pas fou : il y a des couleurs que nous ne pouvons pas voir.

« Et, que Dieu m'assiste ! cette Infernale Créature est de l'une de ces couleurs ! »

Gwenhaël Ponnau fait ici le point sur le statut des savants, des médecins, et des occultistes en cette fin du XIXe siècle, et met toutes ces données en rapport avec les autres composantes idéologiques de l'époque.

G. Ponnau, *La folie dans la littérature fantastique*, éd. du CNRS, 1987, rééd. 1990, p. 77-79.

Cette mise en évidence de plus en plus approfondie au sein de la littérature fantastique des phénomènes de la folie n'est pas seulement liée à une évolution au caractère exclusivement esthétique, elle est aussi l'expression de la crise des valeurs jusqu'alors admises ou reconnues qui, progressivement, se manifeste dans le dernier tiers du XIXe siècle. En effet, les découvertes spectaculaires permises par le développement de l'esprit scientifique et de la méthodologie positiviste ont, en partie, contribué à révéler le caractère radicalement étranger du monde pour l'être humain dès qu'il prétend en élucider, d'une façon exhaustive, tous les mystères : la fortune du thème de l'être invisible n'a pas d'autre origine qui donne la version fantastique de l'angoisse provoquée par la petitesse des sens de l'homme et par l'impuissance à élucider totalement les énigmes de l'univers.

La science positive n'est donc pas seulement dévoilement et explication de l'inconnu puisque chacun des progrès effectués par la connaissance simultanément découvre des abîmes d'ignorance : c'est assez dire que la raison, principe constitutif de la démarche scientifique, tend, pour une part, à souligner le caractère irrationnel, voire insensé d'un monde qui n'est pas à la mesure de l'homme. Il est, à cet égard, tout à fait significatif que dans ses *Premiers principes*, Herbert Spencer consacre une partie préliminaire à souligner la part d'inconnaissable qui, nécessairement, échappe aux investigations de la science. La thèse de Darwin sur l'origine et sur l'évolution des espèces exerce, d'autre part, une influence capitale sur cette montée d'un sentiment de désenchantement et de pessimisme dans les années 1880 : en faisant du phénomène humain l'un des maillons d'une histoire naturelle qui paraît exclure toute transcendance, le savant biologiste était amené à suggérer l'animalité originelle de l'homme — et de cette conception qui suscita des controverses d'une rare violence, certains récits fantastiques seront l'écho. Mais il y a plus : la loi de l'évolution qui implique pour chaque espèce une phase de développement, puis une période de déchéance, paraît imposer l'idée du caractère mortel, donc éphémère, de l'humanité en tant que race. Aussi n'est-il pas étonnant que certains récits imaginaires s'inscrivent dans une sorte de courant catastrophique : qu'ils mettent clairement ou allusivement l'accent, comme le fait Maupassant dans *L'Homme de Mars*, sur la possibilité de la venue sur terre d'êtres venus d'autres planètes, ou qu'ils racontent, tel certain roman fameux d'H. G. Wells, la guerre des mondes.

À cette influence de la science positive s'ajoute, se conjuguant avec elle, celle des philosophes : l'œuvre de Schopenhauer, « la plus gigantesque besogne de sceptique qui ait jamais été faite », connut, dans les vingt dernières années du siècle, une vogue extraordinaire, elle contribue à faire du pessimisme ambiant, resté jusque-là encore diffus, une manière de doctrine qui sera reprise en France et en Angleterre par les écrivains décadents. Eduard von Hartmann, dont la *Philosophie de l'inconscient* eut un très grand retentissement, radicalise, en quelque sorte, la pensée de Schopenhauer : ainsi poussant jusqu'à ses conséquences les plus extrêmes le pessimisme du philosophe, il souhaite la disparition d'une race humaine qui aurait définitivement renoncé aux illusions du « vouloir-vivre ».

L'ensemble de ces courants à la fois scientifiques et philosophiques, le darwinisme jouant dans ce désenchantement un rôle essentiel, aboutit à mettre en évidence l'idée d'une *décadence* de l'humanité, comme de l'individu, en tant qu'être psychique. En effet, à cette perception et à ce sentiment morbides d'une progressive extinction à la fois biologique et historique de la race humaine correspond, symétriquement, formant avec elle un véritable diptyque, la thèse psychiatrique en gestation depuis les années 1840 et que Lombroso et ses émules vont systématiser : le déclin de l'humanité est, en quelque sorte, reflété par la *dégénérescence* de l'individu dont le génie, au même titre que l'idiotie, présente les symptômes morbides. Ainsi cette forme de folie qui, à en croire Lombroso et certains psychiatres, est inséparable de dons artistiques ou d'aptitudes intellectuelles exceptionnels, est-elle considérée comme la marque distinctive des savants, des écrivains et des artistes, incarnations fantastiques de la dégénérescence *individuelle* et *fin de race*, images prégnantes et fascinantes de la folie dont nombre de récits seront le miroir.

Cette remarquable conjonction du darwinisme et de la thèse de Lombroso renforcée, en particulier, par les théories de Magnan sur le caractère héréditaire de la dégénérescence, ne doit donc rien au hasard : elle détermine le paysage mental de l'époque décadente et elle se retrouve, ouvertement ou d'une manière diffuse, dans maintes œuvres fantastiques de la fin du siècle.

Le célèbre traité de Darwin, *L'Origine des espèces*, paru en novembre 1859, objet de nombreuses rééditions, devait avoir un retentissement considérable : traduit en français en 1862, en russe en 1864, il inspira en 1868 l'ouvrage du zoologiste allemand Haeckel, *Histoire de la création des êtres organisés d'après les lois naturelles*. Radicalisant et systématisant les idées exprimées par Darwin, Haeckel y montrait, avec une rigoureuse logique, l'origine animale de l'homme.

On peut, dès lors, comprendre comment certains auteurs ont pu à l'intérieur de leurs récits combiner, en une remarquable osmose, les éléments tirés de la thèse psychiatrique de la dégénérescence héréditaire, le mythe à la fois esthétique et scientifique de la névrose liée au génie et les images fantastiques d'une régression de l'être humain vers son animalité originelle inspirées par la théorie de Darwin popularisée par Haeckel. Sur cette symbiose se fonde, par exemple, *Le cas étrange du Dr Jekyll et de Mr Hyde*, récit dans lequel Stevenson représente un savant d'une intelligence exceptionnelle, obsédé par le sentiment névrotique de son animalité primitive et qui, tirant les conséquences de ce déterminisme biologique, libérera son double bestial : Hyde, l'être des profondeurs et de la nuit, surgissant, pourrait-on dire, tout à la fois de l'abîme de la psyché et des temps simiesques. Non moins caractéristiques de cette influence conjuguée de la version fantastique du darwinisme et des images fantasmatiques de la névrose étudiée par les psychiatres contemporains, ces récits d'Arthur Machen qui mettent en scène des savants obsédés par l'inconnu et amenés, dans leur folie, à revenir aux sources primitives de la vie animale. Les nombreuses figures simiesques et bestiales qui apparaissent dans les récits fantastiques de cette période sont le signe, ou plus exactement peut-être, le symptôme de l'influence conjointement exercée par la théorie de l'évolutionnisme et par la thèse médicale de la dégénérescence. Expression fantasmatique de cette névrose moderne, le sentiment obsessionnel de la présence sous-jacente en l'homme de l'animalité originelle apparaît, dès 1864, dans *Le sous-sol* de Dostoïevski : « Si l'on vous démontre, par exemple, que vous descendez du singe, inutile de faire la grimace ! Vous devez l'accepter. »

Même lorsqu'ils ne croient pas aux extraterrestres, nombre des contemporains de Maupassant demeurent persuadés de la réalité des pouvoirs des magnétiseurs, hypnotiseurs et autres occultistes, et c'est avec une ironie qui ne laisse aucun doute sur ses opinions que Maupassant traite ici de ce sujet, quelques semaines après la parution du *Horla*.

Maupassant, « Aux bains de mer » (*Gil Blas*, 6 septembre 1887), in *Chroniques*, *op. cit.*, vol. III.

Les baigneurs d'Étretat ont pu jouir dernièrement d'une distraction d'autre nature qui a causé dans la petite ville une émotion profonde.

Un remarquable magnétiseur qui est aussi un fort adroit prestidigitateur, M. Pickmann, a affolé et terrifié ses spectateurs par des expériences d'hypnotisme.

L'hypnotisme, qui est en train de devenir une religion qui a ses miracles, ses apôtres, ses fanatiques et ses incrédules, diffère des religions ordinaires en ceci que presque tous ses prêtres sont docteurs en médecine et non plus en théologie. Jusqu'ici le principal résultat obtenu par les pratiques hypnotiques est une hausse sensible du prix des épingles, la principale épreuve consistant à en cacher partout, dans les rideaux, sur les fauteuils, sur les robes, sous les tables, afin que le voyant les retrouve. En admettant une perte de 50 %, la consommation normale des épingles a donc subi une notable augmentation, et les maisons des croyants sont devenues inquiétantes, les sièges pleins de ces épingles non découvertes présentant de sérieux dangers.

Cependant, parmi les expériences faites par des hommes de science et de raison, il en est quelques-unes qui semblent indéniables, et qui présentent un intérêt étrange et puissant. On sait que les magnétiseurs peuvent suggérer à leurs sujets préalablement endormis la vision d'êtres ou d'objets imaginaires quelconques. Rien d'étonnant à cela.

On dit : « Voici un chat, un chien, un loup, un verre, une montre. » Et l'hypnotisé voit un chat, un chien, un loup, un verre ou une montre.

Je dis voit, et non pas croit voir, car l'examen de l'œil avec un prisme au moment de l'hallucination y montre reflétée sur la rétine l'image de l'objet suggéré — qui n'existe pas ! Ce fait est affirmé en des ouvrages de médecine fort sérieux ; et il confirme cette théorie que tout est illusion dans la vie. Les conséquences philosophiques de cette bizarre observation sont infinies et déconcertantes.

On est arrivé aussi, au moyen du sommeil hypnotique, à déterminer d'une façon fort curieuse l'indépendance fonctionnelle de chaque hémisphère cérébral, en produisant des illusions et des hallucinations bilatérales simultanées de caractères différents pour chaque côté.

Combien de fois n'avons-nous pas senti obscurément travailler en nous ce double cerveau dont un désaccord fonctionnel presque insensible peut expliquer tant de phénomènes de double volonté, de double croyance, de double jugement, et tant de contradictions dans notre être pensant et raisonnable.

Au point de vue utilitaire, on ne découvre pas encore nettement quels seront les avantages des pratiques hypnotiques introduites dans la vie courante.

Comme il demeure indubitable que certains êtres sous l'influence de cet engourdissement partiel du cerveau, accompagné d'une surexcitation extrême de certaines facultés, deviennent les esclaves du magnétiseur, reçoivent ses ordres pendant le sommeil et les exécutent au réveil, aveuglément, sans aucun souvenir de les avoir reçus, les assassins de l'avenir pourront éviter les dangers de la guillotine en prenant quelques leçons et en se procurant un *bon sujet* qu'ils exerceront préalablement sur des poulets ou des lapins.

Ne se peut-il que Pranzini ait été l'agent inconscient d'un camarade et que ses négations obstinées soient simplement le résultat du sommeil persistant de sa mémoire ?

Un autre avantage sera la possibilité d'endormir ses domestiques chaque soir et de leur donner des ordres minutieux pour le lendemain. On évitera de cette façon les réponses insolentes, les commentaires désobligeants et surtout les désobéissances. L'art de M. Pickmann n'est pas encore arrivé à cette perfection. Je l'ai vu cependant faire une chose des plus surprenantes que je pourrais appeler un admirable tour de prestidigitation mentale.

Introduit le soir dans une maison où il n'était jamais entré, il a pu deviner un objet auquel a pensé le maître du logis, et, les yeux bandés, courir à l'étage supérieur, à travers des chambres inconnues chercher, trouver et rapporter cet objet. Il m'a paru posséder à un degré plus étonnant que ses confrères ce bizarre flair nerveux que nous a révélé M. Cumberland et que possède aussi très étrangement, paraît-il, M. Garnier, l'architecte de l'Opéra.

Dès le lendemain de la parution d'« Aux bains de mer », un certain docteur Dont adressait à Maupassant la réponse suivante. Signalons à ce propos que le véritable nom de Donato, dont il est question à la fin, était A. Dhont. Coïncidence ? Quoi qu'il en soit, cette lettre prouve que la connaissance que Maupassant pouvait avoir du magnétisme et de l'hypnotisme restait — et pour cause — des plus limitées, et qu'il se moquait sans doute éperdument de toute exactitude en cette matière.

Lettre n° 38 du manuscrit de l'« Édition critique de lettres adressées à Guy de Maupassant » (fonds de la bibliothèque municipale de Rouen), réalisée par Ingrid Dedecker sous la direction d'Yvan Leclerc, Institut de littérature française de la faculté des lettres de l'université de Rouen, 1993.

Monsieur,

Je suis un admirateur passionné de votre grand talent d'écrivain. Aussi est-ce avec étonnement que j'ai lu votre article « Aux bains de mer » publié dans le *Gil Blas* d'hier. Il n'est pas permis à un homme de votre mérite d'écrire des choses aussi contraires à la science, et de confondre l'hypnotisme avec le magnétisme et le magnétisme avec le cumberlandisme, le mentivisme et la double-vue. M. Pickmann n'est qu'un vulgaire farceur, je l'ai vu à l'œuvre. Il a dû dissimuler son truc à votre perspicacité, mais voici en quoi consiste sa prétendue perception mentale.

Ou bien il prend la main de la personne qui a caché l'objet, et, dans ce cas, si l'expérience réussit, c'est que la personne lui a servi inconsciemment de compère en le *poussant* dans la direction voulue, car les personnes impressionnables marchent malgré elles vers le lieu auquel elles pensent obstinément. (L'expérience échouera toujours avec une personne bien décidée à ne faire aucun mouvement.)

Ou bien il prétend agir à distance, et alors ce n'est plus qu'une affaire de compérage conscient et d'entente préalable entre la personne et lui. C'est en vain qu'on me soutiendrait le contraire. Je parle de science certaine et je suis prêt à tenir tous les paris, si importants soient-ils. Je défie que n'importe qui réussisse en ma présence une épreuve de cette nature parce que je connais le moyen de déjouer l'artifice et les combinaisons de l'imposteur.

D'autre part, en admettant que le phénomène existe (et je le nie absolument), qu'y a-t-il de commun avec l'hypnotisme ?

Un individu qui devine la pensée d'autrui est dans un état normal et ne subit aucune influence.

L'hypnotisme, au contraire, consiste à faire subir son influence à autrui et à le plonger dans un état anormal. L'hypnotisme, au surplus, est un *fait* constant, un *phénomène* avéré, tandis que les Cumberland et les Pickmann ne font que des *tours* de prestidigitation et de simulation.

Quant à la question de l'hypnotisme, elle est bien mal traitée et bien maltraitée depuis quelque temps.

Si vous voulez vous en faire une idée exacte et exempte d'extravagance, je vous conseille de vous mettre en rapport avec le professeur Bernheim de Nancy ou bien avec le magnétiseur Donato qui, quoique travaillant sur les planches, est certainement l'hypnotiseur ou plutôt le fascinateur le plus sincère et le plus compétent qu'on puisse consulter.

L'erreur de ceux que nous aimons et admirons nous est pénible à supporter. C'est l'excuse de cette trop longue lettre. Veuillez l'agréer et me croire un de vos plus chauds lecteurs.

Dr Charles Dont
21, avenue Carnot, Paris.

Comme il était logique dans un tel contexte, il semble que le succès du *Horla* fut immédiat. Dès octobre 1887, Maupassant parle de treize mille exemplaires vendus. Le bruit fait autour de son ascension dans le ballon qui portait ce nom ne fit sans doute que renforcer le succès de l'œuvre que la critique commenta en termes élogieux.

a) Maxime Gaucher, *Revue bleue*, 28 mai 1887 :

Horla, c'est le masque satanique dont s'est affublé M. de Maupassant pour vous effrayer et vous donner des frissons dans le dos [...]. [Il] a eu la fantaisie de jouer à son tour l'air à la mode de la suggestion et de l'hypnotisme. Il s'est amusé à évoquer les esprits infernaux en faisant une petite excursion dans le domaine du surnaturel.

b) Raoul Frary, *Nouvelle revue*, 1er juillet 1887 :

[Maupassant] se montre tout à fait supérieur quand il essaie d'inspirer en un court récit une impression d'effroi ou d'horreur... Contes en général un peu pessimistes, mais où se retrouve tout entier le talent hardi de M. de Maupassant, avec cette netteté de style, cette précision de contours et cette vivacité de coloris qui donnent tant de prix aux moindres tableaux sortis de sa main.

Cette lettre d'un lecteur d'alors témoigne de l'impact du « Horla » sur l'imagination du public.

6, rue Caroly, Bruxelles.

Je viens de lire votre *Horla*, Monsieur, et bien que je vous sois encore probablement inconnu, je ne puis résister au désir de vous remercier de l'impression profonde qu'il m'a causée.

N° 37 du manuscrit Dedecker.

Comme votre héros — comme vous — j'ai eu mes jours angoissés de craintes folles et mes nuits de terreurs indicibles suivant la disposition de mon esprit, suivant les lieux où je me trouvais. En lisant votre livre, ces choses qui m'avaient tourmenté semblaient se fixer, prendre corps, et je voyais mieux au fond de ma pensée.

Puis vous avez dit tout cela en votre langue merveilleuse qui rend si vivante cette rêverie étrange.

Je ne vous connais pas et je le regrette car il me semble que je vous aimerais beaucoup.

Roustan (?).

3. LECTURES ACTUELLES

La plus célèbre des analyses de type psychanalytique à propos de Maupassant est celle d'Otto Rank. On peut voir notamment comment s'y perpétuent différents mythes qui circulent depuis le romantisme, et en particulier l'assimilation habituelle de l'auteur de récits fantastiques à un fou.

La vie de Maupassant nous offre un exemple d'un tragique analogue, quoique plus poignant. Lui aussi, comme Hoffmann, fils d'une mère hystérique, a été fortement prédisposé à sa maladie mentale, qui cependant a pris son origine dans une cause externe. Si Poe a commis des excès d'alcool,

O. Rank, *Don Juan et le double*, trad. S. Lautman, Payot, 1973, p. 44-46.

Maupassant en a commis dans l'amour. Zola dit qu'il était un formidable coureur, qu'il a rapporté de ses exploits les histoires les plus invraisemblables dont Flaubert riait jusqu'aux larmes. Un jour, Maupassant, âgé de vingt-huit ans, se plaint à Flaubert que les femmes n'excitent plus chez lui aucun intérêt. À quoi Flaubert, avec sa crudité connue, lui reproche ses excès amoureux et sportifs. Cependant, à cet âge, Maupassant était un homme vigoureux, sain, aventureux, d'une puissance de travail simplement miraculeuse.

Mais déjà dans sa trentième année, les premiers symptômes de la paralysie générale à laquelle il devait succomber à l'âge de quarante-trois ans se manifestent. Ses petits contes du début, sous forme d'anecdotes plaisantes, parfois éclatantes d'une sensuelle gaieté de vivre, cèdent lentement le pas à des confessions moroses où une profonde mauvaise humeur semble dominer. Dans son livre *Sur l'eau*, 1888, nous rencontrons un état de ce genre sous forme de journal. Peu à peu, Maupassant demande de l'aide aux différents stupéfiants, et semble en avoir retiré quelque profit momentané. Il avoue avoir écrit, sous l'influence de cette excitation particulière, plusieurs œuvres. Comme Poe, Hoffmann et Baudelaire, il souffrait, quoique pour une autre cause, d'hallucinations et d'illusions qu'il a souvent décrites dans ses œuvres. Plus tard, il eut des idées de grandeur et des idées de persécution qui l'ont même conduit à une tentative de suicide. Depuis longtemps déjà, il luttait contre « l'ennemi intime » qu'il a si magistralement dépeint dans *Le Horla* qui, comme *Lui* et beaucoup d'autres contes, n'est pas autre chose qu'une poignante autobiographie. Il a depuis longtemps reconnu cette double vie en lui-même. « C'est que je porte en moi cette seconde vue qui est en même temps la force et toute la misère des écrivains. J'écris parce que je comprends et je souffre de tout ce qui est parce que je le connais trop et surtout parce que sans le pouvoir goûter, je le regarde en moi-même dans le miroir de ma pensée » (*Sur l'eau*, 10 avril).

Maupassant est égocentriste comme Poe. « Tout le fatigue vite de ce qui ne se produit pas en lui-même. » Malgré une vie sexuelle intense, il n'a jamais connu le véritable bonheur dans l'amour, tout en le supposant dans son for intérieur, comme le plus grand bien sur terre. Ce sont précisément les femmes qui lui font le plus intensément sentir qu'il est incapable d'un véritable dévouement. Dans *Solitude*, il dit que ce sont surtout les femmes qui lui font sentir la solitude. Ce sentiment d'isolement augmente après chaque enlacement. Même dans les moments où semble s'établir une communion énigmatique, où désir et jouissance se confondent, où on croit pouvoir pénétrer jusque dans les profondeurs d'une âme féminine, un mot, un unique mot lui fait reconnaître son erreur et lui montre, avec la rapidité de l'éclair, l'abîme qui le sépare de la femme aimée. Si dans *Solitude*, son Moi l'empêche d'arriver jusqu'à la femme, dans *Lui*, il essaie de se réfugier dans le sein d'une femme contre le terrible Moi. Cette fissure dans l'âme de Maupassant devait fatalement amener son imagination à s'objectiver dans un Double. Sollier nous rapporte une hallucination de ce genre que Maupassant a eue en 1889 et qu'il a racontée le soir même à un ami. Il était dans son bureau à sa table de travail ; le domestique avait l'ordre formel de ne laisser entrer personne. Brusquement Maupassant a l'impression qu'on ouvre la porte. Il se retourne et, à son très grand étonnement, il voit sa propre personne entrer, s'asseoir en face de lui tenant sa tête dans sa main. Tout ce que Maupassant écrit lui est dicté et, quand après avoir terminé il se lève, l'hallucination disparaît.

Plus récemment, Antonia Fonyi poursuit l'analyse d'Otto Rank concernant le rapport de Maupassant à la mère.

A. Fonyi, introduction à l'édition du *Horla*, GF-Flammarion, 1984, p. 24-26.

Certes, on vit aussi des moments de bonheur, puisque cette crainte constante est l'envers d'un terrible désir d'y retourner, de s'y retrouver, d'y mourir. Moments de bonheur morbide, toujours : « Des rêveurs prétendent que la mer cache dans son sein d'immenses pays bleuâtres, où les noyés roulent parmi les grands poissons, au milieu d'étranges forêts et dans des grottes de cristal » (*Sur l'eau*). Le plus heureux est, peut-être, l'amant de *La chevelure*, d'une chevelure trouvée dans la cachette d'un vieux meuble, et qui possède dans ses rêves « l'Adorable, la Mystérieuse, l'Inconnue », « l'Insaisissable, l'Invisible, la Morte ». Il est heureux parce qu'Elle est morte, il est libre parce qu'Elle n'existe pas. Ou est-il plus heureux encore celui dont le corps devient « léger, léger comme de l'air » sous l'effet de l'éther, « comme si la chair et les os se fussent fondus et que la peau seule fût restée, la peau nécessaire pour [lui] faire percevoir la douceur de vivre, d'être couché dans ce bien-être » *(Rêves)* ? Être léger pour s'envoler dans la liberté, être vide à l'instar de la mère idéale, celle qui est vide.

Mais elle n'est pas. L'Insaisissable, l'Invisible, la Mystérieuse n'est pas morte ni vide. C'est l'imago, éternellement vivante, d'une mère qui n'est qu'un utérus gigantesque comme la nature, la grande procréatrice. Elle est immense, comme la Vénus de Syracuse, « le symbole de la chair... Elle n'a pas de tête ! Qu'importe, le symbole n'en devient que plus complet. [...] Schopenhauer avait dit que la nature, voulant perpétuer l'espèce, a fait de la reproduction un piège. Cette forme de marbre, vue à Syracuse, c'est bien le piège humain [...], la femme qui cache et montre l'affolant mystère de la vie ».

La Mère-Nature, le geôlier, le persécuteur, le monstre universel qui a instauré l'ordre de la claustration ; nous sommes tous ses enfants, c'est pourquoi nous nous ressemblons tous, c'est pourquoi nous n'avons que des prénoms — en constatant cette ressemblance et la fréquence des prénoms en guise de patronyme, Philippe Bonnefis les a mises en rapport avec l'ascendance maternelle — c'est pourquoi seul le même existe. Nous ressemblons à elle qui n'a pas de tête. Elle ne peut pas en avoir puisque nous vivons dans son ventre. Laquelle est plus mystérieuse, cette tête qui n'est pas ou cette matrice qui est partout ? Affolantes, toutes deux.

La prédominance de l'imago de la mère primitive dans l'œuvre de Maupassant accuse une forte fixation à un stade archaïque de l'évolution de la personnalité. Bien sûr, ce stade a été dépassé, on pourrait aisément retracer le défilé complet des imagos parentales relevant des différents moments de l'évolution, jusqu'au complexe d'Œdipe qui représente le plus haut degré de la maturité sexuelle infantile. Il n'en reste pas moins que la souffrance profonde qui s'exprime dans ces contes vient d'une angoisse de claustration, et non de l'angoisse de castration. La personnalité — l'édifice dont le sommet est l'œdipe — est fragile, et menace ruine. La crainte permanente du monstre primitif correspond à la crainte de retomber dans le noir où il règne. La syphilis aidant, cela s'accomplira.

Car l'angoisse de claustration n'est que le symptôme. La maladie est cette possibilité d'effondrement. Pour qu'il y ait claustration, il faut être deux, il faut un prisonnier et une prison. L'effondrement, c'est l'indistinct, proche, mais pas identique au même qui permet l'existence des doubles, d'autres ressemblants ; c'est quand cela ne fait qu'un parce qu'il n'y a pas de moi. De cela, on n'écrit pas, puisque, quand cela est, il n'y a plus personne pour écrire.

Maupassant en a écrit, ou presque : il a dû vivre des moments où il l'a entrevu, où cela était, ou presque. Des moments de cette « décomposition de l'âme » où l'« être moral » est comme un corps malade dont « les os [seraient] devenus mous comme la chair et la chair liquide comme de l'eau » *(Le Horla)*. C'est un moment pareil, un incident psychotique, dont le souvenir est consigné dans ce bréviaire de l'angoisse qu'est *Le Horla*.

Pour appuyer sa thèse, J.-P. Sartre met l'accent sur un aspect de la technique narrative de Maupassant ; mais ses remarques, quoique pertinentes en ce qui concerne un certain nombre de récits, se veulent trop systématiques pour rendre compte de l'ensemble de l'œuvre, notamment du *Horla* ; ce que d'ailleurs il semble avoir plus ou moins senti si l'on en juge par sa note finale.

J.-P. Sartre, *Situations II, Qu'est-ce que la littérature ?*, Gallimard, 1948, p. 180-182, 199.

Nulle part le procédé n'est plus manifeste que chez Maupassant. La structure de ses nouvelles est presque immuable : ou nous y présente d'abord l'auditoire, en général société brillante et mondaine qui s'est réunie dans un salon, à l'issue d'un dîner. C'est la nuit, qui abolit tout, fatigues et passions. Les opprimés dorment, les révoltés aussi ; le monde est enseveli, l'histoire reprend haleine. Il reste, dans une bulle de lumière entourée de néant, cette élite qui veille, tout occupée de ses cérémonies. S'il existe des intrigues entre ses membres, des amours, des haines, on ne nous le dit pas et, d'ailleurs, les désirs et les colères se sont tus : ces hommes et ces femmes sont occupés à *conserver* leur culture et leurs manières et à se *reconnaître* par les rites de la politesse. Ils figurent l'ordre dans ce qu'il a de plus exquis : le calme de la nuit, le silence des passions, tout concourt à symboliser la bourgeoisie stabilisée de la fin du siècle, qui pense que rien n'arrivera plus et qui croit à l'éternité de l'organisation capitaliste. Là-dessus, le narrateur est introduit : c'est un homme d'âge, qui a « beaucoup vu, beaucoup lu et beaucoup retenu », un professionnel de l'expérience, médecin, militaire, artiste ou Don Juan. Il est parvenu à ce moment de la vie où, selon un mythe respectueux et commode, l'homme est libéré des passions et considère celles qu'il a eues avec une indulgente lucidité. Son cœur est calme comme la nuit ; l'histoire qu'il raconte, il en est dégagé ; s'il en a souffert, il a fait du miel avec sa souffrance, il se retourne sur elle et la considère en vérité, c'est-à-dire *sub specie aeternitatis*.

Il y a eu trouble, c'est vrai, mais ce trouble a pris fin depuis longtemps : les acteurs sont morts ou mariés ou consolés. Ainsi l'aventure est un bref désordre qui s'est annulé. Elle est racontée du point de vue de l'expérience et de la sagesse, elle est écoutée du point de vue de l'ordre. L'ordre triomphe, l'ordre est partout, il contemple un très ancien désordre aboli comme si l'eau dormante d'un jour d'été conservait la mémoire des rides qui l'ont parcourue. D'ailleurs y eût-il même jamais trouble ? L'évocation d'un brusque changement effrayerait cette société bourgeoise. Ni le général ni le docteur ne livrent leurs souvenirs à l'état brut : ce sont des expériences, dont ils ont tiré le suc et ils nous avertissent, dès qu'ils prennent la parole, que leur récit comporte une moralité. Aussi l'histoire est-elle explicative : elle vise à produire sur un exemple une loi psychologique. Une loi, ou, comme dit Hegel, l'image calme du changement. Et le changement lui-même, c'est-à-dire l'aspect individuel de l'anecdote, n'est-ce pas une apparence ? Dans la mesure où on l'explique, on réduit l'effet entier à la cause entière, l'inopiné à l'attendu et le neuf à l'ancien. Le narrateur opère sur l'événement humain ce travail que, selon Meyerson, le savant du XIXᵉ siècle a opéré sur le fait scientifique : il réduit le divers à l'identique. Et si, de temps en temps, par malice, il veut garder à son histoire une allure un peu inquiétante, il dose soigneusement l'irréductibilité du changement, comme dans ces nouvelles fantastiques où, derrière l'inexplicable, l'auteur laisse soupçonner tout un ordre causal qui ramènerait la rationalité dans l'univers. Ainsi, pour le romancier issu de cette société stabilisée, le changement est un non-être, comme pour Parménide, comme le

Mal pour Claudel. Existât-il d'ailleurs, il ne serait jamais qu'un bouleversement individuel dans une âme inadaptée. Il ne s'agit pas d'étudier dans un système en mouvement — la société, l'univers — les mouvements relatifs de systèmes partiels mais de considérer du point de vue du repos absolu le mouvement absolu d'un système partiel relativement isolé ; c'est dire qu'on dispose de repères absolus pour le déterminer et qu'on le connaît, en conséquence, dans son absolue vérité. Dans une société en ordre, qui médite son éternité et la célèbre par des rites, un homme évoque le fantôme d'un désordre passé, le fait miroiter, le pare de grâces surannées et, au moment qu'il va inquiéter, le dissipe d'un coup de baguette magique, lui substitue la hiérarchie éternelle des causes et des lois. On reconnaît en ce magicien, qui s'est délivré de l'histoire et de la vie en les comprenant et qui s'élève par ses connaissances et par son expérience au-dessus de son auditoire, l'aristocrate de survol dont nous parlions plus haut[1].

Dans le prolongement d'une étude précédente sur « Sauvée » et « Le signe[2] », Philippe Hamon s'interroge sur les différentes formes de la mimésis chez Maupassant.

P. Hamon, « Misère de la mimésis. Lecture d'" Une famille " », *Actes du colloque de Fécamp. Maupassant et l'écriture*, Nathan, 1993, p. 143-146.

« Une famille » commence sur la mention d'un programme de répétition (« revoir ») et la référence à une ancienne amitié exemplaire (« sympathie », « ensemble », « mêmes choses », « même amour », « mêmes livres », « mêmes œuvres », « mêmes sen-

1. Quand Maupassant écrit *Le Horla*, c'est-à-dire quand il parle de la folie qui le menace, le ton change. C'est qu'enfin quelque chose — quelque chose d'horrible — va arriver. L'homme est bouleversé, débordé ; il ne comprend plus, il veut entraîner le lecteur dans sa terreur. Mais le pli est pris : faute d'une technique adaptée à la folie, à la mort, à l'histoire, il n'arrive pas à émouvoir (Note de J.-P. Sartre.).

2. *Introduction à l'analyse du descriptif*, Hachette, 1993, p. 229 *sq.*

sations », « mêmes êtres ») prises en charge par un texte lui-même fortement répétitif. Cette répétitivité formelle et thématique, synchronique (deux amis) et diachronique (les retrouvailles), semble fréquente à l'incipit des nouvelles de Maupassant, et le début de « Deux amis » en fournirait un autre bon exemple. Ici, le mimétisme généralisé semble plutôt positif, générateur d'euphorie (« gaies », « doucement », « aise », « ri des mêmes êtres ») mais déplacé à la fois comme souvenir vers un avant (l'amitié ancienne, la mémoire, selon Tarde, c'est l'imitation de soi par soi), vers un après (les retrouvailles à venir), et essentiellement célibataire. Spécificité, différenciation d'autrui, et individuation d'une part (« intime », « idées rares, fines, ingénieuses », « ri des mêmes êtres »), indifférenciation d'autre part (l'identité entre les deux individus, soulignée entre autres par la répétition d'un verbe qu'il faut prendre dans son sens étymologique *(cum-prehendere)* : « compris... nous nous comprenions »), semblent ici faire bon ménage. Sur les trois aspects de la répétition universelle enregistrés par Tarde, l'un (l'hérédité) est absent, et les deux autres, l'ondulation de la matière captée par les sens et l'imitation d'autrui, sont présents (« frémi des mêmes sensations », « l'homme actif, vivant et vibrant »). La perturbation vient de la troisième cause de reproduction, la femme, qu'une phrase syncrétique présente à la fois comme machine reproductrice et comme objet reproduit (« pareille à cent mille poupées à marier »), femme indifférenciée physiquement (« blondasse, transparente, gamine ») chez qui le « vide » s'oppose au « vif », le « maigre » au « fin », le « niais » au « gai », le « bête » à l'« intelligent », en parallèles terminologiques systématiques, et après la compréhension réciproque, l'incompréhension s'installe, elle aussi répétée deux fois (« peut-on comprendre ces choses-là ? » ; « au point de ne plus rien comprendre »).

Les retrouvailles vont se faire avec un homme « gros », qui sera flanqué d'une femme « grosse », c'est-à-dire avec deux êtres dont chacun est en autoreproduction, se reproduit lui-même. Le texte, ici, entre lui-même en redondance mimétique : « un gros, un très gros homme, aux joues rouges, au ventre rebondi » ; « une grosse dame à falbalas [...], une grosse mère banale ». L'obésité, comme autoréduplication de soi par soi, est alors associée au thème de la reproduction sexuée, de la reproduction d'autrui par autrui (une mise en parallèle pourrait être ici faite avec « Boule de suif » et avec « Toine », par exemple), et prise en charge par une action répétitive : l'homme est un « reproducteur orgueilleux et naïf qui passait ses nuits à faire des enfants [...] comme un lapin dans une cage », la femme est une « pondeuse, la poulinière humaine, la machine de chair qui procrée sans autre préoccupation dans l'âme que ses enfants et son livre de cuisine », les comparaisons animalières ou avec la machine contribuant à déshumaniser les personnages, et la référence au livre de cuisine redoublant le lien avec le thème de l'obésité et annonçant la scène de repas finale. Dans cet univers où des obèses se reproduisent, il est logique que les choses reproduisent les choses, les êtres les êtres, et les êtres les choses : le jardin « avait des prétentions de parc », et entourait « une maison à tourelles qui cherchait à passer pour un château ». L'étiquette et le rituel mondain, qui sont routines réglementées et échanges symétriques (« un boutiquier [...] ôtait son chapeau ; Simon rendait le salut »), déploient leurs répétitions mécaniques dans des espaces identiques et dans des temporalités fortement ordonnancées. La mode (« falbalas » de la femme, uniforme du collégien, « chapeau » de l'homme) y joue un rôle important d'intégration uniformisante : « sur le perron [...] une dame apparut, parée pour la visite, coiffée pour la visite, avec des phrases prêtes pour la visite » ; « elle me souhaita la bienvenue » ; « faire ma toilette » ; « alignés par rang de taille semblaient placés là pour une revue comme des pompiers devant un maire » ; « tous les enfants me suivaient en procession, derrière leur père, sans doute pour me faire honneur » ; « une cloche sonna » ; « Madame Radevin prit mon bras d'un air cérémonieux » ; « après une longue partie de cartes ». Même l'allusion aux ambitions de Simon Radevin (« la pensée me vint qu'il songeait à la députation »), allusion au suffrage universel et à la « représentation » démocratique, paraît bien s'inscrire dans cette déclinaison systématique et logique (et ironique : Bergson n'identifie-t-il pas la source du comique comme « du mécanique plaqué sur du vivant » ?) de toutes les acceptions de la « représentation » (pensons au titre de la série de lithographies de Daumier : « Les représentants représentés »).

La conséquence ce cette imitation, répétition, représentation et reproduction généralisée est, bien sûr, la création d'un univers d'indifférences, d'indifférenciations, d'effacements, de nivellements. D'où une platitude généralisée, qui semble bien être la hantise de ce demi-siècle, la génération d'une « stupide réalité » où tout se répète, où les visages deviennent des « larges figures » dépourvues de « regards » ou de « traits » spécifiants, où se multiplient, à la différence de l'hyperesthésie vibratoire du début de la nouvelle, tous les signes d'une anesthésie sentimentale, sensorielle et psychologique (la ville est « triste [...] somnolente et terne », la vie provinciale « abrutit » et « endort », « rien ne remuait par les rues » ; « j'étais triste, triste, triste ! »).

Il est intéressant de noter ici que Tarde, dans son livre, développe longuement la comparaison entre le magnétisme, le somnambulisme, l'hypnotisme, l'anesthésie dans certains états psychiques, et les phénomènes d'imitation paralysante et d'intimidation sociale qui se développent entre Parisiens et provinciaux, supérieurs et inférieurs, étrangers et autochtones etc. (« la société c'est l'imitation, et l'imitation c'est une espèce de somnambulisme »), phénomènes dont on trouverait certainement trace dans notre nouvelle (l'intimidation des enfants devant le Parisien, la stupeur du Parisien et sa « tristesse » devant les provinciaux), comme dans l'ensemble des nouvelles — fantastiques et réalistes, qu'on oppose trop souvent — de Maupassant.

Ce n'est pas seulement le texte, mais le manuscrit lui-même qu'Yvan Leclerc interroge, mettant à jour certains éléments qui n'apparaissent pas à l'impression, et qui amènent à envisager « Le Horla » avec un œil nouveau.

Le nom du Horla n'a pas à s'inventer dans ce manuscrit, puisqu'il est déjà apparu auparavant, dans la nouvelle publiée en 1886, dont on peut considérer qu'elle appartient à ce dossier génétique, même s'il ne s'agit pas d'un état antérieur, mais bien d'un autre texte, autonome. Il est évident que la genèse du *Horla* ne commence pas avec notre manuscrit, et qu'on ne peut faire abstraction du conte précédemment publié sous le même titre et, plus largement, de la série des nouvelles bien connues qui ont avec cette dernière un rapport de genre ou de thème. La suite de ces textes indépendants relève d'un phénomène d'autogenèse d'autant plus généralisé chez Maupassant que le nouvelliste procède fréquemment par reprises et variations, le déjà-écrit s'ajoutant aux autres contraintes : sens frayés, ornières de style, chemins battus qui reconduisent dans un itinéraire obligé, tout en imposant la nécessité d'en sortir pour produire du nouveau. Lorsqu'il écrit la scène du reflet disparaissant dans le miroir (f. 32), Maupassant reprend pour la troisième fois cet épisode. À moins de le créditer d'une mémoire capable de reproduire

Y. Leclerc, préface à l'éditiion du *Horla*, éd. du CNRS/Zulma, 1993, p. 24-27.

à la virgule près une page entière, il faut supposer qu'il a sous les yeux la *Lettre d'un fou* (1885) quand il écrit *Le Horla I* (1886), et *Le Horla I* quand il écrit *Le Horla II* (1887), sans craindre l'accusation d'autoplagiat puisque les deux premiers textes, publiés dans *Gil Blas*, n'ont pas été recueillis en volume. Sauf quelques modifications (des amplifications essentiellement), la scène de la perte du reflet est recopiée mot à mot, à partir de sa version antérieure, comme en témoigne la correction interlinéaire de « très ~~grande~~ armoire à glace », forme commune à la *Lettre d'un fou* et au *Horla I*, en « très haute armoire à glace » (f. 31). Même à supposer que notre manuscrit soit un premier et dernier jet sans brouillon préalable, on voit en quoi ce *premier* relève du mythe : l'origine du *Horla* remonte plus haut que ces traces écrites ; les frontières du manuscrit sont très perméables à ce qui est avant et autour du texte. La critique génétique nous confronte à cette réflexion qu'il n'y a probablement jamais de « premier » assignable ; comme la vie, le texte ne commence ni ne s'arrête : il continue.

Pas d'hésitation donc dans les passages où le Horla, déjà baptisé ailleurs, se nomme, ici, dans une profusion de points de suspension (f. 29), comme on n'en trouve pas d'autre exemple chez Maupassant. Le manuscrit nous permet d'assister à la naissance de ce signe de ponctuation tellement insistant : à supposer que la correction suive de peu le premier jet, on voit apparaître ces multiples points en addition marginale ou en substitution à la coordination « ni » trois fois barrée (f. 3) : le halètement du rythme, la discontinuité des blancs par où s'insinue le Horla, s'inventent donc contre une liaison syntaxique antérieurement marquée.

La poussée du « Nouveau Maître » se manifeste également par une tendance très forte à la prolifération des majuscules, à l'initiale de mots désignant « le Premier Venu des Maîtres », de notions abstraites comme la Volonté, mais aussi de réalités concrètes, tel le Platane de la description liminaire. Encore qu'il soit parfois difficile, comme on en jugera sur pièce grâce au fac-similé, d'établir une différence bien nette, pour quelques lettres manuscrites, entre une majuscule et une « grande » minuscule, certains cas ne font aucun doute, lorsqu'il y a correction en surcharge, comme pour le mot « ~~s~~/Suggestion » (f. 28) ou dans l'expression, évidemment majeure : « ~~ê~~/Être ~~i~~/Invisible » (f. 35). Sur une cinquantaine de capitales manuscrites, il n'en subsistera qu'un dixième dans le texte imprimé, soit correction de Maupassant sur épreuves, soit uniformisation des protes. Ici encore, seul le manuscrit permet d'observer ce curieux phénomène de contagion littérale et symbolique : en entrant dans la sphère d'attraction de « Celui qui me hante », les mots prennent une autre réalité, signifiée par la présence massive des capitales.

Une autre série de remarques sur le manuscrit concerne l'appartenance du *Horla* au fantastique, comme genre de l'indécidable. Certaines modifications visent en effet la nécessaire ambiguïté à maintenir entre folie et rationalité. On notera par exemple comment l'adjonction qui se greffe dans la marge du feuillet 8 apporte un contrepoint, ou un contrepoids d'explication prosaïque à la légende du berger conduisant une chèvre et un bouc, racontée par le moine du Mont Saint-Michel : « Les incrédules affirment que ce sont les cris des oiseaux de mer, qui ressemblent tantôt à des bêlements et tantôt à des ~~cris~~ plaintes humaines, mais les pêcheurs attardés ~~prétendent~~ jurent » ; la fin de l'addition marginale se raccorde à l'énoncé antérieurement rédigé en pleine page, développant la croyance légendaire. Ainsi la pliure de la feuille matérialise-t-elle ici la limite sur laquelle le fantastique se tient en équilibre, entre naturel et surnaturel. Ailleurs, c'est une rature qui signale la frontière, par l'introduction d'une légère bascule qui opère un changement d'aiguillage entre deux voies possibles de lecture. Expliquant ce dont il souffre, le cocher Jean dit à son maître : « Cela me tient comme un sort » (f. 9), le mot « sort » se substituant à « mal », biffé. Certes, on peut invoquer le souci non négligeable d'éviter la répétition, comme disent les professeurs, « mal » se trouvant déjà sept lignes plus haut : « Mon cocher souffre du même mal que moi. » Mais la correction fait plus que trouver un synonyme : elle assure le passage entre les deux isotopies du texte : la science (le mal, la fièvre, qui relèvent du discours médical), et l'irrationnel : la magie du sort jeté. À son modeste niveau, celui d'un homme du peuple superstitieux, le cocher Jean prend rang parmi les tiers (le Moine, le Docteur Parent) qui annoncent le mystère de l'Invisible. Et ce, par le simple déclic d'un « mot mis en sa place », selon la formule de Boileau cité dans « le Roman[1] » c'est-à-dire *mis à la place* d'un autre.

« Le Horla », réflexion sur la lecture et l'écriture : telle est la ligne développée par ces trois articles qui reflètent certaines des préoccupations majeures de la critique moderne.

a) André Targe :

A. Targe, « Trois apparitions du Horla », *Poétique*, Seuil, n° 24, 1975, p. 456-457.

Se repose alors, et avec plus d'acuité, la question de l'écriture. Pourquoi, le 8 mai, le narrateur éprouve-t-il le besoin d'écrire son bonheur ? Pourquoi le confier à son journal intime ? Et d'abord, pourquoi écrit-on son journal ? « Pour tâcher de retenir la vie au piège de l'écriture », écrit M. Blanchot. Mais le bonheur parfait se passerait de la justification écrite. Pour se consoler de ne pas écrire réellement ? On sait où mène l'entreprise du journal

1. Article de Maupassant placé en tête de *Pierre et Jean*.

intime : l'écriture altère le bonheur, et à ne consigner que des actes dérisoires elle perd jusqu'à sa valeur d'écrit. Finalement, le rédacteur du journal meurt sans avoir vécu, ni écrit. Ce serait le cas de notre narrateur si son entreprise était traditionnelle ; mais il commence à écrire *parce qu*'un événement bizarre vient de se produire dans sa vie. Quelque chose d'inhabituel et d'impérieux, digne enfin de produire une histoire : il a vu « un superbe trois-mâts brésilien, tout BLANC » et il l'a salué comme au seuil de ses *Poésies* Mallarmé salue « le blanc souci de notre toile ». Au-delà des significations fantastiques ou expérimentales du récit, le Horla situe donc la relation de l'écriture. L'analyse du sème lecture/écriture, tout au long de la nouvelle, nous permet de relire la « naissance d'une tête ».

8 mai	« Je » commence à écrire. Trois-mâts brésilien, salut.
25 mai	État bizarre. « J'essaye de lire mais je ne comprends pas les mots ; je distingue à peine les lettres. »
18 août	« Je compris qu'il était là, lui, assis à ma place et qu'il lisait. » Suit le passage concernant la puissance du Horla : « Qu'ai-je donc ? C'est lui, lui le Horla qui me hante, qui me fait penser ses folies. »
20 août	« Donc je faisais semblant d'écrire... et soudain je fus certain qu'il lisait pardessus mon épaule. »

Nous constatons qu'il s'ordonne suivant un double mouvement :

— les notations vont de la lecture à l'écriture : elles restituent donc le projet implicite formé par le narrateur au seuil de sa page.

— Le Horla s'intègre de plus en plus dans ces

notations. Il provoque le début du journal, lit l'ouvrage de la bibliothèque de Rouen, fait écrire le narrateur, qui n'est plus à ce moment-là qu'un automate, et lui impose ses rêves de puissance et de liberté. Il lit, enfin, ce qu'écrit le narrateur. Ou plutôt, dans le simulacre d'écriture que celui-ci effectue pour le tromper, le Horla est sur le point d'*être* le narrateur : cet autre « je » caché au bout du livre et qui en constitue l'argument et le but. Relisons les désirs de puissance du Horla : il rêve de s'arracher aux racines de la vie terrestre, à la matière. Il rêve de liberté aérienne, d'envol loin de la réalité rugueuse. Cette euphorie du vol se combine d'une prise de conscience des limites humaines. Il ne faut plus se comprendre dans une création finie, il faut en briser les clôtures aberrantes : « Pourquoi pas un de plus ? Pourquoi pas aussi d'autres arbres aux fleurs immenses, éclatantes. Pourquoi pas d'autres éléments que le feu, l'air, la terre, l'eau. Comme tout est pauvre, mesquin, misérable. » L'aboutissement de cette rêverie, l'image du « papillon grand comme cent univers » réalise les deux options du Horla écrivain : la domination et la liberté. « Mais je le vois... il va d'étoile en étoile, les rafraîchissant et les embaumant au souffle harmonieux et léger de sa course !... Et les peuples de là-haut le regardent passer, extasiés et ravis !... » Être le Horla c'est donc, précisément, être Hors-là, être hors de la réalité et s'extraire (hors) du dilemme de l'interrogation sur l'être ; ni sujet, ni objet, mais *Hors*, simplement hors du débat, de l'autre côté des mots et des questions. Le vertige des possibles du Horla illustre donc le travail de l'écrivain : domestiquer un monde en l'utilisant à des fins spécifiquement littéraires, en l'assujettissant aux lois de l'œuvre écrite.

Mais cette dimension n'occulte pas les autres. Être le Horla, c'est participer aussi du niveau fantastique : Horla/Hurler/Horde, etc. C'est enfin s'intégrer dans le matériau phonétique de la nouvelle :

comme nous le prouve la permanente dissémination (selon une symétrie que nous sommes habitués à repérer) des phonèmes du mot Horla. Ainsi, l'inversion des deux personnes grammaticales du récit (Lui et Je) trouve un écho dans cette anagrammatisation obsessionnelle : Horla/Alhor/Alors. « Et alors !... alors, j'aurais la force des désespérés. » « Non, non, sans aucun doute. Alors ? Alors ? » « Alors... Alors... il va falloir que je me tue moi. » Dans la scène du reflet capté, nous trouvons accumulées toutes les strates signifiantes de l'œuvre : vampirisme, possession, hypnotisme, double. Un pas de plus dans l'analyse et nous constatons que le Horla se manifeste par une absence, qu'il se donne un moment comme le double du narrateur en se substituant à son reflet. Ce singulier mouvement qui est à la fois don et rapt nous rapproche ici du mouvement de la parole qui restitue en un lieu symbolique l'objet qu'elle nous a dérobé.

b) Ross Chambers :

Lecture rêveuse, où le manque intérieur du narrateur se traduit par sa docilité totale devant le texte, doublée d'une tendance à en prolonger le contenu par son délire personnel. Lorsqu'il verra les pages du livre se tourner toutes seules, on ne sait pas au juste s'il rêve en dormant ou s'il est dans un état d'esprit proche de l'hallucination ; mais peu importe puisque c'est la structure de son aventure qui est essentielle. « Mon fauteuil était vide ; mais je compris qu'il était là, lui, assis à ma place, et qu'il lisait ». Ici encore, c'est donc la place vide qui est primordiale, signe de l'absence d'identité du narrateur : la substitution qui met le Horla à la place du narrateur devant le livre n'est dès lors que le symptôme de ce défaut primitif. Cependant, elle n'en forme pas moins le paradigme d'une lecture pathologique, antimodèle, par conséquent, pour le lecteur implicite qui saisit

R. Chambers, « La lecture comme hantise. *Spirite* et " Le Horla " », *Revue des sciences humaines*, Lille III, n° 177, 1980-1981, p. 114-116.

qu'une lecture ainsi conduite, où le texte devient pour l'identité du lecteur un « autre » destructeur, ne peut représenter une distribution saine des responsabilités.

C'est ce que confirme un épisode qui met « en abyme » non l'acte de lecture mais celui d'écrire, mais qui est toujours en relation très étroite avec l'épisode du miroir (dont justement il est la préparation). Voulant provoquer l'apparition du Horla, le narrateur se met à sa table : « [...] et je fis semblant d'écrire avec une grande attention. Je savais bien qu'il viendrait rôder autour de moi, tout près [...].

« Donc, je faisais semblant d'écrire, pour le tromper, car il m'épiait lui aussi ; et soudain, je sentis, je fus certain qu'il lisait par-dessus mon épaule, qu'il était là, frôlant mon oreille. »

Qu'est-ce à dire ? On voit immédiatement qu'écrire, c'est susciter l'« autre » — le Horla — sous la forme d'un lecteur ; et c'est bientôt cet autre qui va se substituer dans la glace au reflet du narrateur. Ainsi, si le texte est, pour le narrateur lecteur, l'« autre » destructeur, le narrateur écrivain connaît à son tour un « autre » non moins dangereux en la personne du lecteur. Autre cas pathologique, donc, et absolument symétrique au cas de la lecture. Mais c'est ce qui permet au lecteur implicite non seulement de conclure qu'il est de nouveau en présence d'un antimodèle, mais aussi de saisir par implication le modèle d'une bonne relation entre le texte et le lecteur. Il y a en effet incompatibilité entre un modèle qui fait du texte l'« autre » dévorant du lecteur et un modèle qui fait du lecteur l'« autre » dévorant du texte. Il faut donc supposer qu'une situation moins pathologique impliquerait un refus d'abdication des deux côtés, permettant d'imaginer la relation texte-lecteur comme un rapport d'échange entre deux identités distinctes jouissant chacune d'un certain pouvoir — mais non d'une autorité absolue — relativement à l'autre, et s'accordant par conséquent un respect mutuel.

Mais dès lors, l'épisode comporte pour le lecteur implicite un avertissement : ne soyez pas pour ce texte que vous lisez un Horla, destructeur de son identité propre. Ne vous substituez pas au narrateur en lisant par-dessus son épaule, de manière à frôler son oreille. Ne soyez pas, en d'autres termes, ce lecteur qui, en épousant de trop près l'identité du narrateur — tentation d'autant plus grande, nous l'avons vu, que cette identité forme un vide au centre du texte qui est comme une invitation à s'y glisser — détruirait l'identité du texte dans son ensemble. Faute de distance critique, on ne pourrait ainsi que substituer au dire du texte un lire destructeur, parce que radicalement autre. L'altérité d'une telle lecture résiderait manifestement dans sa naïveté, dans sa *crédulité*, car ce serait *croire* au personnage au point de ne pas *respecter* le texte.

Car enfin l'épisode comporte un dernier enseignement, où cette fois les actions du narrateur écrivain ne fournissent plus un antimodèle mais un modèle juste du fonctionnement du texte, donc de la bonne manière de lire : un lecteur crédule tomberait au piège d'un texte que caractérise la *duplicité*. Le narrateur « fait semblant» d'écrire pour « tromper » le Horla ; et c'est dans la mesure où cette tromperie réussira qu'il aura suscité en effet un lecteur-Horla. Or, faire semblant d'écrire ne peut pas signifier ici *mimer le geste d'écrire* (comme font, par exemple, au théâtre les comédiens faisant semblant d'écrire un billet) ; car, en venant lire par-dessus l'épaule du narrateur, le Horla ne resterait pas un instant dupe du stratagème. Il ne peut donc s'agir que d'*écrire un texte faux*, et en l'occurrence d'écrire un *pseudo-journal* : d'écrire, donc, exactement comme fait l'auteur implicite du « Horla », rédigeant un texte qui « fait semblant » de reproduire le journal du narrateur. Lire « Le Horla » en Horla du texte, ce sera donc, en se contentant de lire distraitement ou naïvement, par-dessus l'épaule du narrateur et en se substituant à lui, dénier au texte sa qualité de texte en refusant de tenir compte de la caractéristique de duplicité qui le désigne comme une fiction signifiante. Cela signifie que le bon lecteur est celui qui n'est pas dupe du texte (l'absorbant sans distance critique, tel le narrateur lisant Herestauss et se laissant envahir par cet « autre » ; et devenant du même coup l'« autre » destructeur du texte, tel le Horla se laissant duper par la duplicité du narrateur). Et le bon texte est celui qui, portant la marque de sa duplicité constitutive, ne peut donc exercer sur le lecteur une autorité abusive, tout en gardant le moyen de se dérober aux lectures naïves, donc destructrices.

c) Yvan Leclerc :

Cette réflexivité de la peur, qui est peur de la peur, ce caractère intransitif du fantastique maupassantien aboutit à ce que l'on pourrait appeler un fantastique littéraire, en ce sens qu'il prend la littérature pour l'objet même de sa manifestation, en remplacement de l'objet extérieur perdu. C'est ici qu'il faut à nouveau revenir à la réflexion de Jean Pierrot sur le fantastique, et à son déplacement par rapport à la définition de Todorov. Pour celui-ci, le lecteur s'identifie toujours au personnage principal et partage son hésitation quant à l'interprétation de l'événement. Or Jean Pierrot montre que l'ambivalence concerne avant tout l'identification du lecteur au personnage et le régime même de la lecture, puisque le texte fantastique « peut se lire alternativement et avec une aussi grande probabilité comme référentiel, comme renvoyant au monde extérieur et comme fiction, jeu de l'écriture ». Ou, comme Jean Pierrot le dit encore : « Le lecteur n'oublie pas qu'il est en train de lire. » Il l'oublie d'autant moins chez Maupassant que les conditions de production du récit sont toujours exhibées, les

Y. Leclerc, « D'un fantastique vraiment littéraire », *Études normandes*, n° 2, *Maupassant, du réel au fantastique*, 1994, p. 72-74.

instruments de la lecture et de l'écriture montrés : le fauteuil où l'on s'installe pour lire, le bureau où l'on écrit. Dans « Qui sait ? », le premier meuble à se déménager est le fauteuil, « mon grand fauteuil de lecture, qui sortait en se dandinant », et le dernier à être nommé le bureau. Déjà le poème intitulé « Terreur », publié dans le recueil *Des vers* en 1880, établissait la liaison entre la peur sans cause et la lecture : « Ce soir-là j'avais lu fort longtemps quelque auteur. / Il était bien minuit, et tout à coup j'eus peur. / Peur de quoi ? je ne sais, mais une peur horrible. / Je compris, haletant et frissonnant d'effroi, / Qu'il allait se passer une chose terrible... »

Plusieurs textes sont présentés comme écrits : lettres ou journal, « Le Horla » étant bien évidemment la forme la plus accomplie de ce fantastique scriptural. Car la lecture, comme l'écriture, déclenchent l'apparition du Horla. Dès lors, le lecteur sait qu'il est en train de lire un texte qui s'écrit, un texte dans lequel le diariste écrit qu'il lit, mais il sait aussi que la lecture et l'écriture sont à la fois condition de possibilité et objet du fantastique. L'identification du lecteur au personnage se fera d'autant plus facilement que ce personnage est lecteur ; la lecture en régime « scriptural » ou fictionnel est redoublée, distanciée par la mise en scène de l'écriture.

Il est tout à fait intéressant de noter que Maupassant parle de la littérature, dans ses écrits non fictifs, en employant les termes qui reviennent le plus souvent pour caractériser le fantastique, par exemple pour définir la chevelure : « Elle, l'Invisible, l'Impalpable, l'Insaisissable, l'Immatérielle Idée » (*Contes II*, p. 107). Dans l'essai sur « Le roman », il est question des vrais artistes qui « en arrivent à juger l'art littéraire une chose insaisissable, mystérieuse, que nous dévoilent à peine quelques pages des plus grands maîtres » (*Romans*, p. 712). On rapprochera ces adjectifs qualifiant l'art littéraire de ceux que l'on trouve, dix ans plus tôt, dans la fameuse lettre de

Maupassant adressée à un proche de Zola, sans doute Paul Alexis : « L'Être d'une œuvre tient à une chose particulière, innommée et innommable, qu'on constate et qu'on n'analyse pas, de même que l'électricité »(lettre du 17 janvier 1877).

C'est donc la littérature par essence, la littérature en général qui est fantastique. Le fantastique « intériorisé » dont parle Marie-Claire Bancquart se confond avec l'être de la chose littéraire. Curieux renversement : après avoir craint que la science ne supprime la possibilité même de l'art, après avoir cherché la part de la littérature dans l'Inconnu qui augmente en proportion du connu, voici que Maupassant étend le champ du fantastique à la littérature tout entière : il n'y a de littérature que fantastique, parce que le livre, la plume, la feuille nous mettent directement en contact avec ce qu'il appelle le « mystère des Lettres ». Le fantastique n'est pas un genre littéraire, mais la littérature elle-même dans sa manifestation essentielle, dans son « apparition ». Le chroniqueur qui distinguait un merveilleux révolu et un fantastique moderne, peut désormais poser un principe unique, un Invisible omniprésent, qui se manifeste sous des genres différents et sous des noms différents selon les âges et les codes. « Il est venu, Celui que redoutaient les premières terreurs des peuples naïfs, Celui qu'exorcisaient les prêtres inquiets, que les sorciers évoquaient par les nuits sombres, sans le voir apparaître encore, à qui les pressentiments des maîtres passagers du monde prêtèrent toutes les formes monstrueuses ou gracieuses des gnomes, des esprits, des génies, des fées, des farfadets. Après les grossières conceptions de l'épouvante primitive, des hommes plus perspicaces l'ont pressenti plus clairement. Mesmer l'avait deviné et les médecins, depuis dix ans déjà, ont découvert, d'une façon précise, la nature de sa puissance avant qu'il l'eût exercée lui-même » (« Le Horla », *Contes II*, p. 933).

Voici donc réconciliés la nostalgie des peurs anciennes et le désir de faire un fantastique nouveau, par la reconnaissance d'un même invisible qui se manifestera sous des formes variées, fées ou électricité, et se classera selon des catégories littéraires chronologiquement datées, merveilleux ou fantastique, peu importe au fond, puisque reste inchangée la charge de terreur inspirée par le mystère unique de la littérature.

*

Le Mystère dans les lettres... Maupassant serait-il plus proche de Mallarmé qu'on ne l'imaginerait, par le tour de cette littérature se réfléchissant dans le fantastique ? Maupassant n'a probablement rien compris au « Faune », comme l'appelait Flaubert par dérision, mais Mallarmé, lui, a compris Maupassant. Sept lignes en tout et pour tout avec, au centre, la formule bien connue : « lire limpidement pour lire ». À première vue, Mallarmé ne dit pas autre chose que la limpidité de Faguet, ou encore la triple clarté d'Anatole France. « Lire limpidement » : mais le complément change la donnée : « pour lire ». Où nous retrouvons le second degré et sa réflexivité, la lecture « scripturale » en quoi Mallarmé discerne bien que la transparence maupassantienne ne renvoie pas à une saisie sans médiation du réel, mais à une interrogation sur la nature et la surnature du sujet et des objets de l'écriture, qui se pose avec une particulière acuité dans les contes fantastiques, parce qu'ils portent la littérature à l'expression de son essence.

III. ÉLÉMENTS DE BIBLIOGRAPHIE

I. TEXTES DE MAUPASSANT

Contes et nouvelles, édités par L. Forestier, Gallimard, Bibliothèque de la Pléiade, 2 vol., 1974-1979.

Le Horla et autres contes cruels et fantastiques, édités par M.-C. Bancquart, Classiques Garnier, 1989.

Le Horla, présenté par Yvan Leclerc, éd. du CNRS/Zulma, 1993. Cet ouvrage réalisé avec le concours de la Bibliothèque nationale reproduit le manuscrit de la nouvelle de Maupassant.

Chroniques, UGE, 10/18, 3 vol., nouv. éd. 1993.

Correspondance, éditée par Jacques Suffel, Edito-Service, Genève, 3 vol., 1973.

II. TRAVAUX CRITIQUES SUR MAUPASSANT

Bulletin Flaubert-Maupassant, n° 1, 1993 ; n° 2, 1994, Amis de Flaubert et Maupassant, Rouen.

Mariane Bury, *La poétique de Maupassant*, SEDES, 1994.

Pierre Cogny, *Maupassant, l'homme sans Dieu*, La Renaissance du livre, Bruxelles, 1968.

Maupassant, miroir de la nouvelle, Actes du colloque de Cerisy, Presses universitaires de Vincennes, 1988.

Maupassant et l'écriture, Actes du colloque de Fécamp, Nathan, 1993.

Le naturalisme, colloque de Cerisy, UGE, 10/18, 1978.

André Vial, *Guy de Maupassant et l'art du roman*, Nizet, 1954 ; *Faits et significations*, Nizet, 1973.

III. ÉTUDES SUR LE FANTASTIQUE

Ces ouvrages comportent pour la plupart une partie plus ou moins importante consacrée au fantastique chez Maupassant.

Roger Caillois, « De la féerie à la science-fiction », préface à l'*Anthologie du fantastique*, Gallimard, 1966.

Pierre-Georges Castex, *Le conte fantastique en France de Nodier à Maupassant*, Corti, 1951.

Joël Malrieu, *Le fantastique*, Hachette, 1992.

Michel Meurger, *Alien Abduction, Scientifictions*, n° 1, vol. 1, Encrage, 1995.

Gwenhaël Ponnau, *La folie dans la littérature fantastique*, éd. du CNRS, 1987.

Louis Vax, *La séduction de l'étrange*, PUF, 1965 ; *Les chefs-d'œuvre de la littérature fantastique*, PUF, 1979.

IV. ÉTUDES SUR MAUPASSANT CONTEUR FANTASTIQUE ET SUR « LE HORLA »

Marie-Claire Bancquart, *Maupassant conteur fantastique*, Archives des lettres modernes, Minard, 1976.

Ross Chambers, « La lecture comme hantise. *Spirite* et " Le Horla " », *Revue des sciences humaines*, n° 177, Lille III, 1980-1981.

Pierre Cogny, *Le Maupassant du « Horla »*, Lettres modernes, Minard, 1970.

L'École des lettres, n° spécial 13, 1er juin 1993 ; n° spécial 12, 15 juin 1994, *Autour du « Horla »*.

Philippe Hamon, « *Le Horla* de Guy de Maupassant. Essai de description structurale », *Littérature*, Hachette, 1971.

Yvan Leclerc, « D'un fantastique vraiment littéraire », *Études normandes*, n° 2, *Maupassant du réel au fantastique*, 1994.

André Targe, « Trois apparitions du Horla », *Poétique*, n° 24, Seuil, 1975.

André Vial, « Le lignage clandestin de Maupassant, conteur fantastique », *Revue d'histoire littéraire de la France*, n° 6, novembre-décembre 1973.

INDEX

Animalité : 19-22, 38-42, 102, 107, 118, 119.
Changement : 13-15, 24-28, 94, 102, 110, 124.
Chasse : 45, 46, 47, 97, 98, 107, 117-118.
Double : 32, 48-52, 107, 120-125.
Fantastique : 55-59, 64-71, 74-76, 79-80, 86-87, 91-97, 113, 118-120, 125-126.
« Le Horla » première version : 68, 80-98, 104, 109-113, 119, 126-128.
Journal : 15, 35-36, 89-90, 95-96, 108, 128-131.
Lecteur : 16, 56, 66, 90, 95, 118, 126.
Magnétisme : 58-59, 79, 110, 126, 127.
Narcissisme : 108, 115.
Naturalisme : 15-16, 22, 25, 27-28, 30, 53, 89.
Nature : 19, 37, 99-100, 102-105.
Permanence : 25, 26, 123.
Régression : 37, 48, 118-120.
Sadisme : 44, 45, 111-112.
Solitude : 29-37, 48, 92, 96, 108, 115.
Syncrétisme : 18-20, 99-103, 116.
Titre : 60-66, 95.

TABLE

ESSAI

11 INTRODUCTION

13 I. LE RECUEIL

13 1. STRATÉGIE NARRATIVE ET VISION DU MONDE

18 2. L'IDENTITÉ NATURELLE

22 3. L'IDENTITÉ SOCIALE

24 4. LA MÉTAMORPHOSE

29 5. LA DÉSTABILISATION

L'isolement — La précipitation
L'ivresse

38 6. L'ANIMALITÉ

42 7. LA NÉGATION DE L'AUTRE

La volonté de puissance — Chasseur et gibier

48 8. L'AUTRE COMME DOUBLE

52 II. LA NOUVELLE

52 1. REMARQUES PRÉLIMINAIRES

De certaines confusions — Le schéma du récit fantastique

60 2. LE HORLA, POINT LIMITE DU PHÉNOMÈNE FANTASTIQUE

Son nom — Sa nature — Son comportement — « Le Horla », description d'un cas pathologique ?

96 3. LE NARRATEUR
Un homme sans qualités — L'absorption physique — L'absorption intellectuelle — Le narcissisme
109 4. LE HORLA, REFLET DU NARRATEUR
De l'invisibilité au vide — Attirance et répulsion — L'affirmation de soi — La régression
120 5. LE NARRATEUR ET SES DOUBLES
Le Horla comme double — Les enjeux — Le journal, écriture du vide

DOSSIER

135 I. REPÈRES BIOGRAPHIQUES
137 II. DOCUMENTS
137 1. MAUPASSANT ET LE FANTASTIQUE
« Adieu mystères » — « Le fantastique » — « Lettre d'un fou » — « Flaubert et sa maison »
147 2. CONTEXTES
A. de Chamisso — O'Brien — J.-H Rosny aîné — A. Bierce — G. Ponnau — Maupassant — Lettre de lecteur — Critiques contemporaines — Lettre de lecteur
166 3. LECTURES ACTUELLES
O. Rank — A. Fonyi — J.-P. Sartre — P. Hamon — Y. Leclerc — A. Targe — R. Chambers — Y. Leclerc
190 III. ÉLÉMENTS DE BIBLIOGRAPHIE
193 INDEX

DANS LA MÊME COLLECTION

Jean-Louis Backès *Crime et châtiment de Fedor Dostoïevski* (40)
Patrick Berthier *Colomba de Prosper Mérimée* (15)
Philippe Berthier *Eugénie Grandet d'Honoré de Balzac* (14)
Philippe Berthier *La Chartreuse de Parme de Stendhal* (49)
Michel Bigot, Marie-France Savéan *La cantatrice chauve et La leçon d'Eugène Ionesco* (3)
Michel Bigot *Zazie dans le métro de Raymond Queneau* (34)
André Bleikasten *Sanctuaire de William Faulkner* (27)
Arlette Bouloumié *Vendredi ou les limbes du Pacifique de Michel Tournier* (4)
Marc Buffat *Les mains sales de Jean-Paul Sartre* (10)
Claude Burgelin *Les mots de Jean-Paul Sartre* (35)
Mariane Bury *Une vie de Guy de Maupassant* (41)
Pierre Chartier *Les faux-monnayeurs d'André Gide* (6)
Pierre Chartier *Candide de Voltaire* (39)
Marc Dambre *La symphonie pastorale d'André Gide* (11)
Michel Décaudin *Alcools de Guillaume Apollinaire* (23)
Jacques Deguy *La nausée de Jean-Paul Sartre* (28)
Louis Forestier *Boule de suif et La maison Tellier de Guy de Maupassant* (45)
Danièle Gasiglia-Laster *Paroles de Jacques Prévert* (29)
Jean-Charles Gateau *Capitale de la douleur de Paul ELuard* (33)
Henri Godard *Voyage au bout de la nuit de Louis-Ferdinand Céline* (2)
Daniel Grojnowski *À rebours de Huysmans* (53)
Jeannine Guichardet *Le père Goriot d'Honoré de Balzac* (24)
Jean-Jacques Hamm *Le Rouge et le Noir de Stendhal* (20)
Philippe Hamon *La bête humaine d'Émile Zola* (38)
Geneviève Hily-Mane *Le vieil homme et la mer d'Ernest Hemingway* (7)
Emmanuel Jacquart *Rhinocéros d'Eugène Ionesco* (44)
Alain Juillard *Le passe-muraille de Marcel Aymé* (43)
Anne-Yvonne Julien *L'Œuvre au Noir de Marguerite Yourcenar* (26)
Thierry Laget *Un amour de Swann de Marcel Proust* (1)
Thierry Laget *Du côté de chez Swann de Marcel Proust* (21)
Claude Launay *Les Fleurs du mal de Charles Baudelaire* (48)
Marie-Christine Lemardeley-Cunci *Des souris et des hommes de John Steinbeck* (16)
Claude Leroy *L'or de Blaise Cendrars* (13)
Henriette Levillain *Mémoires d'Hadrien de Marguerite Yourcenar* (17)
Henriette Levillain *La Princesse de Clèves de Madame de La Fayette* (46)
Jacqueline Lévi-Valensi *La peste d'Albert Camus* (8)
Marie-Thérèse Ligot *Un barrage contre le Pacifique de Marguerite Duras* (18)
Joël Malrieu *Le Horla de Guy de Maupassant* (51)

François Marotin *Mondo et autres histoires de J. M. G. Le Clézio* (47)
Jean-Michel Maulpoix *Fureur et mystère de René Char* (52)
Alain Meyer *La condition humaine d'André Malraux* (12)
Jean-Pierre Naugrette *Sa Majesté des Mouches de William Golding* (25)
Pascaline Mourier-Casile *Nadja d'André Breton* (37)
François Noudelmann *Huis clos et Les mouches de Jean-Paul Sartre* (30)
Bernard Pingaud *L'Étranger d'Albert Camus* (22)
Jean-Yves Pouilloux *Les fleurs bleues de Raymond Queneau* (5)
Jean-Yves Pouilloux *Fictions de Jorge Luis Borges* (19)
Frédéric Regard *1984 de George Orwell* (32)
Mireille Sacotte *Un roi sans divertissement de Jean Giono* (42)
Marie-France Savéan *La place et Une femme d'Annie Ernaux* (36)
Claude Thiébaut *La métamorphose de Franz Kafka* (9)

À PARAÎTRE

Jean Dufournet *Perceval ou le conte du Graal de Chrétien de Troyes*
Pascal Durand *Poésies de Mallarmé*
Laurent Fourcaut *Le chant du monde de Jean Giono*
Henri Godard *Mort à crédit de Céline*
Monique Gosselin *Enfance de Nathalie Sarraute*
Jacqueline Lévy-Valensi *La chute d'Albert Camus*
Marie-Thérèse Ligot *L'amour fou d'André Breton*
Pierre-Louis Rey *Madame Bovary de Flaubert*

COLLECTION FOLIO

Dernières parutions

2541.	François Mauriac	*Zabé.*
2542.	Thomas Bernhard	*Un enfant.*
2543.	Lawrence Block	*Huit millions de façons de mourir.*
2544.	Jean Delay	*Avant Mémoire (tome II).*
2545.	Annie Ernaux	*Passion simple.*
2546.	Paul Fournel	*Les petites filles respirent le même air que nous.*
2547.	Georges Perec	*53 jours.*
2548.	Jean Renoir	*Les cahiers du capitaine Georges.*
2549.	Michel Schneider	*Glenn Gould piano solo.*
2550.	Michel Tournier	*Le Tabor et le Sinaï.*
2551.	M. E. Saltykov-Chtchédrine	*Histoire d'une ville.*
2552.	Eugène Nicole	*Les larmes de pierre.*
2553.	Saint-Simon	*Mémoires II.*
2554.	Christian Bobin	*La part manquante.*
2555.	Boileau-Narcejac	*Les nocturnes.*
2556.	Alain Bosquet	*Le métier d'otage.*
2557.	Jeanne Bourin	*Les compagnons d'éternité.*
2558.	Didier Daeninckx	*Zapping.*
2559.	Gérard Delteil	*Le miroir de l'Inca.*
2560.	Joseph Kessel	*La vallée des rubis.*
2561.	Catherine Lépront	*Une rumeur.*
2562.	Arto Paasilinna	*Le meunier hurlant.*
2563.	Gilbert Sinoué	*La pourpre et l'olivier.*
2564.	François-Marie Banier	*Le passé composé.*
2565.	Gonzalo Torrente Ballester	*Le roi ébahi.*

2566.	Ray Bradbury	*Le fantôme d'Hollywood.*
2567.	Thierry Jonquet	*La Bête et la Belle.*
2568.	Marguerite Duras	*La pluie d'été.*
2569.	Roger Grenier	*Il te faudra quitter Florence.*
2570.	Yukio Mishima	*Les amours interdites.*
2571.	J.-B. Pontalis	*L'amour des commencements.*
2572.	Pascal Quignard	*La frontière.*
2573.	Antoine de Saint-Exupéry	*Écrits de guerre (1939-1944).*
2574.	Avraham B. Yehoshua	*L'amant.*
2575.	Denis Diderot	*Paradoxe sur le comédien.*
2576.	Anonyme	*La Châtelaine de Vergy.*
2577.	Honoré de Balzac	*Le Chef-d'œuvre inconnu.*
2578.	José Cabanis	*Saint-Simon l'admirable.*
2579.	Michel Déon	*Le prix de l'amour.*
2580.	Lawrence Durrell	*Le sourire du Tao.*
2581.	André Gide	*Amyntas.*
2582.	Hervé Guibert	*Mes parents.*
2583.	Nat Hentoff	*Le diable et son jazz.*
2584.	Pierre Mac Orlan	*Quartier Réservé.*
2585.	Pierre Magnan	*La naine.*
2586.	Naguib Mahfouz	*Chimères.*
2587.	Vladimir Nabokov	*Ada ou l'Ardeur.*
2588.	Daniel Boulanger	*Un été à la diable.*
2589.	Louis Calaferte	*La mécanique des femmes.*
2590.	Sylvie Germain	*La Pleurante des rues de Prague.*
2591.	Julian Gloag	*N'éveillez pas le chat qui dort.*
2592.	J.M.G. Le Clézio	*Étoile errante.*
2593.	Louis Malle	*Au revoir, les enfants.*
2595.	Jean-Bernard Pouy	*L'homme à l'oreille croquée.*
2596.	Reiser	*Jeanine.*
2597.	Jean Rhys	*Il ne faut pas tirer les oiseaux au repos.*
2598.	Isaac Bashevis Singer	*Gimpel le naïf.*
2599.	Andersen	*Contes.*
2600.	Jacques Almira	*Le Bar de la Mer.*
2602.	Dominique Bona	*Malika.*
2603.	John Dunning	*Les mécanos de la mort.*
2604.	Oriana Fallaci	*Inchallah.*
2605.	Sue Hubbell	*Une année à la campagne.*
2606.	Sébastien Japrisot	*Le passager de la pluie.*
2607.	Jack Kerouac	*Docteur Sax.*

2608.	Ruth Rendell/Helen Simpson	*Heures fatales.*
2609.	Tristan L'Hermite	*Le Page disgracié.*
2610.	Alexandre Dumas	*Les Trois Mousquetaires.*
2611.	John Updike	*La concubine de saint Augustin* et autres nouvelles.
2612.	John Updike	*Bech est de retour.*
2613.	John Updike	*Un mois de dimanches.*
2614.	Emmanuèle Bernheim	*Le cran d'arrêt.*
2615.	Tonino Benacquista	*La commedia des ratés.*
2616.	Tonino Benacquista	*Trois carrés rouges sur fond noir.*
2617.	Rachid Boudjedra	*FIS de la haine.*
2618.	Jean d'Ormesson	*La gloire de l'Empire.*
2619.	Léon Tolstoï	*Résurrection.*
2620.	Ingmar Bergman	*Cris et chuchotements* suivi de *Persona* et de *Le lien.*
2621.	Ingmar Bergman	*Les meilleures intentions.*
2622.	Nina Bouraoui	*Poing mort.*
2623.	Marguerite Duras	*La Vie matérielle.*
2624.	René Frégni	*Les nuits d'Alice.*
2625.	Pierre Gamarra	*Le maître d'école.*
2626.	Joseph Hansen	*Les ravages de la nuit.*
2627.	Félicien Marceau	*Les belles natures.*
2628.	Patrick Modiano	*Un cirque passe.*
2629.	Raymond Queneau	*Le vol d'Icare.*
2630.	Voltaire	*Dictionnaire philosophique.*
2631.	William Makepeace Thackeray	*La Foire aux Vanités.*
2632.	Julian Barnes	*Love, etc.*
2633.	Lisa Bresner	*Le sculpteur de femmes.*
2634.	Patrick Chamoiseau	*Texaco.*
2635.	Didier Daeninckx	*Play-back.*
2636.	René Fallet	*L'amour baroque.*
2637.	Paula Jacques	*Deborah et les anges dissipés.*
2638.	Charles Juliet	*L'inattendu.*
2639.	Michel Mohrt	*On liquide et on s'en va.*
2640.	Marie Nimier	*L'hypnotisme à la portée de tous.*
2641.	Henri Pourrat	*Bons, pauvres et mauvais diables.*
2642.	Jacques Syreigeol	*Miracle en Vendée.*
2643.	Virginia Woolf	*Mrs Dalloway.*
2645.	Jerome Charyn	*Elseneur.*

2646.	Sylvie Doizelet	*Chercher sa demeure.*
2647.	Hervé Guibert	*L'homme au chapeau rouge.*
2648.	Knut Hamsun	*Benoni.*
2649.	Knut Hamsun	*La dernière joie.*
2650.	Hermann Hesse	*Gertrude.*
2651.	William Hjortsberg	*Le sabbat dans Central Park.*
2652.	Alexandre Jardin	*Le Petit Sauvage.*
2653.	Philip Roth	*Patrimoine.*
2655.	Fédor Dostoïevski	*Les Frères Karamazov.*
2656.	Fédor Dostoïevski	*L'Idiot.*
2657.	Lewis Carroll	*Alice au pays des merveilles. De l'autre côté du miroir.*
2658.	Marcel Proust	*Le Côté de Guermantes.*
2659.	Honoré de Balzac	*Le Colonel Chabert.*
2660.	Léon Tolstoï	*Anna Karénine.*
2661.	Fédor Dostoïevski	*Crime et châtiment.*
2662.	Philippe Le Guillou	*La rumeur du soleil.*
2663.	Sempé-Goscinny	*Le petit Nicolas et les copains.*
2664.	Sempé-Goscinny	*Les vacances du petit Nicolas.*
2665.	Sempé-Goscinny	*Les récrés du petit Nicolas.*
2666.	Sempé-Goscinny	*Le petit Nicolas a des ennuis.*
2667.	Emmanuèle Bernheim	*Un couple.*
2668.	Richard Bohringer	*Le bord intime des rivières.*
2669.	Daniel Boulanger	*Ursacq.*
2670.	Louis Calaferte	*Droit de cité.*
2671.	Pierre Charras	*Marthe jusqu'au soir.*
2672.	Ya Ding	*Le Cercle du Petit Ciel.*
2673.	Joseph Hansen	*Les mouettes volent bas.*
2674.	Agustina Izquierdo	*L'amour pur.*
2675.	Agustina Izquierdo	*Un souvenir indécent.*
2677.	Philippe Labro	*Quinze ans.*
2678.	Stéphane Mallarmé	*Lettres sur la poésie.*
2679.	Philippe Beaussant	*Le biographe.*
2680.	Christian Bobin	*Souveraineté du vide* suivi de *Lettres d'or.*
2681.	Christian Bobin	*Le Très-Bas.*
2682.	Frédéric Boyer	*Des choses idiotes et douces.*
2683.	Remo Forlani	*Valentin tout seul.*
2684.	Thierry Jonquet	*Mygale.*
2685.	Dominique Rolin	*Deux femmes un soir.*
2686.	Isaac Bashevis Singer	*Le certificat.*
2687.	Philippe Sollers	*Le Secret.*
2688.	Bernard Tirtiaux	*Le passeur de lumière.*
2689.	Fénelon	*Les Aventures de Télémaque.*

2690.	Robert Bober	*Quoi de neuf sur la guerre ?*
2691.	Ray Bradbury	*La baleine de Dublin.*
2692.	Didier Daeninckx	*Le der des ders.*
2693.	Annie Ernaux	*Journal du dehors.*
2694.	Knut Hamsun	*Rosa.*
2695.	Yachar Kemal	*Tu écraseras le serpent*
2696.	Joseph Kessel	*La steppe rouge.*
2697.	Yukio Mishima	*L'école de la chair.*
2698.	Pascal Quignard	*Le nom sur le bout de la langue.*
2699.	Jacques Sternberg	*Histoires à mourir de vous.*
2701.	Calvin	*Œuvres choisies.*
2702.	Milan Kundera	*L'art du roman.*
2703.	Milan Kundera	*Les testaments trahis.*
2704.	Rachid Boudjedra	*Timimoun.*
2705.	Robert Bresson	*Notes sur le cinématographe.*
2706.	Raphaël Confiant	*Ravines du devant-jour.*
2707.	Robin Cook	*Les mois d'avril sont meurtriers.*
2708.	Philippe Djian	*Sotos.*
2710.	Gabriel Matzneff	*La prunelle de mes yeux.*
2711.	Angelo Rinaldi	*Les jours ne s'en vont pas longtemps.*
2712.	Henri Pierre Roché	*Deux Anglaises et le continent.*
2714.	Collectif	*Dom Carlos* et autres nouvelles françaises du XVIIe siècle.
2715.	François-Marie Banier	*La tête la première.*
2716.	Julian Barnes	*Le porc-épic.*
2717.	Jean-Paul Demure	*Aix abrupto.*
2718.	William Faulkner	*Le gambit du cavalier.*
2719.	Pierrette Fleutiaux	*Sauvée !*
2720.	Jean Genet	*Un captif amoureux.*
2721.	Jean Giono	*Provence.*
2722.	Pierre Magnan	*Périple d'un cachalot.*
2723.	Félicien Marceau	*La terrasse de Lucrezia.*
2724.	Daniel Pennac	*Comme un roman.*
2725.	Joseph Conrad	*L'Agent secret.*
2726.	Jorge Amado	*La terre aux fruits d'or.*
2727.	Karen Blixen	*Ombres sur la prairie.*
2728.	Nicolas Bréhal	*Les corps célestes.*
2729.	Jack Couffer	*Le rat qui rit.*
2730.	Romain Gary	*La danse de Gengis Cohn.*
2731.	André Gide	*Voyage au Congo* suivi de *Le retour du Tchad.*

2733.	Ian McEwan	*L'enfant volé.*
2734.	Jean-Marie Rouart	*Le goût du malheur.*
2735.	Sempé	*Âmes sœurs.*
2736.	Émile Zola	*Lourdes.*
2737.	Louis-Ferdinand Céline	*Féerie pour une autre fois.*
2738.	Henry de Montherlant	*La Rose de sable.*
2739.	Vivant Denon Jean-François de Bastide	*Point de lendemain*, suivi de *La Petite Maison.*
2740.	William Styron	*Le choix de Sophie.*
2741.	Emmanuèle Bernheim	*Sa femme.*
2742.	Maryse Condé	*Les derniers rois mages.*
2743.	Gérard Delteil	*Chili con carne.*
2744.	Édouard Glissant	*Tout-monde.*
2745.	Bernard Lamarche-Vadel	*Vétérinaires.*
2746.	J.M.G. Le Clézio	*Diego et Frida.*
2747.	Jack London	*L'amour de la vie.*
2748.	Bharati Mukherjee	*Jasmine.*
2749.	Jean-Noël Pancrazi	*Le silence des passions.*
2750.	Alina Reyes	*Quand tu aimes, il faut partir.*
2751.	Mika Waltari	*Un inconnu vint à la ferme.*
2752.	Alain Bosquet	*Les solitudes.*
2753.	Jean Daniel	*L'ami anglais.*
2754.	Marguerite Duras	*Écrire.*
2755.	Marguerite Duras	*Outside.*
2756.	Amos Oz	*Mon Michaël.*
2757.	René-Victor Pilhes	*La position de Philidor.*
2758.	Danièle Sallenave	*Les portes de Gubbio.*
2759.	Philippe Sollers	*PARADIS 2.*
2760.	Mustapha Tlili	*La rage aux tripes.*
2761.	Anne Wiazemsky	*Canines.*
2762.	Jules et Edmond de Goncourt	*Manette Salomon.*
2763.	Philippe Beaussant	*Héloïse.*
2764.	Daniel Boulanger	*Les jeux du tour de ville.*
2765.	Didier Daeninckx	*En marge.*
2766.	Sylvie Germain	*Immensités.*
2767.	Witold Gombrowicz	*Journal I (1953-1958).*
2768.	Witold Gombrowicz	*Journal II (1959-1969).*
2769.	Gustaw Herling	*Un monde à part.*
2770.	Hermann Hesse	*Fiançailles.*
2771.	Arto Paasilinna	*Le fils du dieu de l'Orage.*
2772.	Gilbert Sinoué	*La fille du Nil.*
2773.	Charles Williams	*Bye-bye, bayou !*

2774.	Avraham B. Yehoshua	*Monsieur Mani.*
2775.	Anonyme	*Les Mille et Une Nuits III (contes choisis).*
2776.	Jean-Jacques Rousseau	*Les confessions.*
2777.	Pascal	*Les Pensées.*
2778.	Lesage	*Gil Blas.*
2779.	Victor Hugo	*Les Misérables I.*
2780.	Victor Hugo	*Les Misérables II.*
2781.	Dostoïevski	*Les Démons (Les Possédés).*
2782.	Guy de Maupassant	*Boule de suif et autres nouvelles.*
2783.	Guy de Maupassant	*La Maison Tellier. Une partie de campagne et autres nouvelles.*
2784.	Witold Gombrowicz	*La pornographie.*
2785.	Marcel Aymé	*Le vaurien.*
2786.	Louis-Ferdinand Céline	*Entretiens avec le Professeur Y.*
2787.	Didier Daeninckx	*Le bourreau et son double.*
2788.	Guy Debord	*La Société du Spectacle.*
2789.	William Faulkner	*Les larrons.*
2790.	Élisabeth Gille	*Le crabe sur la banquette arrière.*

Composition Traitext
Impression Bussière Camedan Imprimeries
à Saint-Amand (Cher), le 4 janvier 1996
Dépôt légal : janvier 1996
Numéro d'imprimeur : 1/16
ISBN 2-07-039437-9./Imprimé en France.

74165